30-50 클럽

30-50 클럽

홍상화 소설

한국문학사

차 례

제1부

한국의 국가 지도력, 미국을 뛰어넘다
:1961~2016

프롤로그

1960년대 말경에 미국 대학에서 학업을 같이했던 김 교수에게서 오랜만에 이메일을 받았다. 경제학을 전공한 그는 미국 대학에서 한국인으로서는 꽤 화려한 교수생활을 한 후, 현재는 미국 남쪽의 따뜻한 곳에서 유유자적 취미 삼아 경제관계 칼럼을 쓰면서 지내고 있었다. 나보다 한 살 위로 이제 곧 팔십 고개를 넘을 텐데, 그로 인해 나에게 용건이 생긴 것이었다.

메일의 내용은 이러했다. 가족과 지인들의 성화에 못 이겨 팔순 잔치를 한국에서 간단히 하게 되었으므로 꼭 참석해 달라고 했다. 그리고 가능하다면 자신의 팔순 기념집에 게재될 글로, 미국에서 같이 보낸 학창생활에 연관된 짧은 글을 써주면 고맙겠다는 것이었다. 소설가 친구는 나밖에 없으므로 부득이 부탁한다는 말도 덧붙였다.

메일의 말미에 가서는 경제학자답게 한국의 경제발전을 축하한다는 말과 함께, 얼마 전 "한국이 '30−50 클럽'에 가입한 일곱 번째 국가가 되었다"는 기사를 읽었다고 했다. 거기다가 그 클럽의 다른 회원국 모두는 식민지를 착취한 덕분에 자본을 축적할 수 있었지만, 한국은 피식민지로서 착취를 당하면서도 자본을 축적하여 그 어려운 관문을 뚫었다는 말을 추가했다.

구글링(Googling)을 한 결과, '30−50 클럽'이란 일인당 국민소득이 3만 달러 이상이면서 인구 5천만 명이 넘는 국가를 의미하며, 현재 미국 · 일본 · 독일 · 영국 · 프랑스 · 이탈리아, 그리고 마지막으로 한국이 이 클럽에 포함된다는 사실을 알아냈다.

'30−50 클럽'이 그렇게 대단한 것인가 새삼 놀랐다. 내가 한국의 경제발전에 도움을 준 것은 아무것도 없는데도 불구하고 왠지 모르게 어깨가 우쭐해지는 느낌이 들어 그에게 즉시 답장을 보냈다.

팔순 잔치를 축하한다는 말을 전하며 청탁받은 글을

써주기로 약속했다. 그리고 이왕이면 한국에 온 김에 내가 머물고 있는 무창포의 집필실에서 하루나 이틀 정도 같이 지냈으면 좋겠다고 초청 의사를 표했다. 더불어 초청의 미끼로 무창포의 해물매운탕과 바지락 칼국수 그리고 내가 빚어 잘 익혀놓은 복분자주를 내걸었다.

이 글은 1박 2일 동안 무창포에 같이 머무르면서 그와 나눈 대화를 기억나는 대로 옮기면서 시작되었다. 제1부와 2부가 그 결과물이다.

그리고 독자의 편의를 위해서는 최소한의 '레퍼런스(reference)'를 이 글의 말미에 추가하는 것이 예의인 줄 알고는 있으나, 그렇게 하는 대신에 본문 중 원어를 괄호 안에 집어넣어 독자가 스스로 찾아보기 쉽도록 했다.

독자가 원한다면, 우리 둘 사이의 대화 내용에 폭을 더하거나 내용을 수정하면서 읽어도 좋을 것이다. 워낙 다양한 견해가 가능한 주제를 다루었기 때문에 나로서는 내 입장을 내세울 의향이 추호도 없음을 밝혀둔다.

디스토피아의 길, 유토피아의 길

홍　지난 반세기 동안 한국과 미국을 비교하면 두 나라
　　다 너무나 놀라운 변화가 있었군요.

김　충격적이지요. 한국은 세계 최빈국 중의 한 나라에서
　　'30-50 클럽'(국민소득 3만 달러 이상이면서 인구 5천만
　　명 이상인 국가)에 일곱 번째로 가입한 선진국이 되었
　　고, 반면 미국은 과거 인류 역사상 최고의 부를 가진
　　국가에서 현재 최고의 부채(21조 달러)를 진 국가가
　　되었으니까요.

홍　지난 반세기 동안 미국에 어떤 일이 일어났는지 단
　　도직입적으로 물어봐도 될까요?

김　제가 아는 한 설명해드리지요. 반면에 홍 선생께서
　　는 그 동안 한국에서 일어난 일에 대하여 말씀해주

시면 되겠습니다.

홍 그렇게 하지요. 그러니까 김 교수께서는 미국이 어떻게 잘못되었는지에 대해 이야기하고, 저는 자연히 한국이 어떻게 잘 되었는지 풀어가게 되겠군요.

김 그런 식이 되겠네요. 자, 그럼 시작할까요? 먼저 홍 선생께서 '지난 반세기'라고 하셨는데 편의상 1961년부터 2016년까지 55년간으로 하지요. 그 이유는 이 시기 동안 두 나라 지도자의 지도력이 가장 큰 차이를 보였으니까요.

홍 1961년과 2016년이면, 미국은 케네디에서 시작해 오바마까지이고, 한국은 박정희에서 시작해 박근혜까지군요.

김 예, 그렇습니다. 그런데 케네디에 대해 말하기 전에 그의 전임자인 아이젠하워에 대해 꼭 해야 될 이야기가 있지요. 1961년 1월 17일 아이젠하워는 TV를 통해 이임사를 발표했습니다. 무슨 내용인지 기억하십니까?

홍 '군산복합체(military industrial complex)'라는 존재를 처음으로 언급했던 것으로 희미하게 기억하고 있습니다.

김 그렇습니다. 바로 그 단어를 사용해 군산복합체가

미국 사회에 끼칠 위험성을 노출시키는 데 이임사의
거의 모든 시간을 할애했습니다. 그만큼 아이젠하워
는 위기의식을 느꼈던 겁니다.

홍 아이젠하워가 옳았나요?

김 아주 옳았다고 봐야지요. 그 후에 일어난 미국의 참
전 기록을 보면, 큰 전쟁만 나열해도 베트남 · 아프
가니스탄 · 이라크 등입니다. 모든 전쟁을 돌이켜보
면 미국 국익에 도움이 되기는커녕 미국의 도덕적
피폐와 천문학적인 국가부채의 원흉이지요.

홍 미국의 군산복합체가 어느 정도 거대합니까?

김 대략 이렇게 보면 됩니다. 미국의 총 GDP는 세계의
4분의 1 정도이고 미국 군사비는 미국 GDP의 5%
정도인데, 이 금액은 세계 군사비 총액의 반에 가깝
습니다. 참고로 한국은 GDP의 2.5% 정도이고요.
이처럼 거대한 공룡 같은 군산복합체는 세계에서 전
쟁이 일어날 만한 곳을 찾아다니며, 어떻게 해서든
전쟁을 일으키지요.

홍 한국도 그 전쟁터의 후보겠군요.

김 당연하지요. 그런 의미에서 2018년 한국의 외교
부 장관이 "There can not be another war on the
Korean Peninsula(한반도에서 또 다른 전쟁은 있을 수

없다)"라고 선언한 것은 대단한 의미가 있습니다.

홍 어떤 의미이지요?

김 "한국에 전쟁을 일으킬 생각은 절대 하지 말라"는 선언이지요. 다른 말로 하면, 한국이 자주적 선진국임을 세계 여러 나라에 선언한 겁니다.

홍 특히 미국의 군산복합체를 향해 선언한 것이 되겠군요.

김 그렇지요. 거기다가 미국의 북한 폭격을 원하는 일본·중국·러시아의 일부 세력에게도 경고한 것이지요.

홍 왜지요?

김 예컨대 일본의 소니(Sony)는 삼성 때문에 침체되었지요. 즉 한국은 여러 면에서 일본의 예민한 경쟁자입니다. 그리고 미국이 한반도 전쟁에 참여하게 되면 중국과 러시아를 견제할 기회가 줄어들 거라고 반기는 세력이 중국과 러시아에 있습니다.

홍 그렇군요. 참으로 무서운 세상입니다. 그런 배경을 염두에 두고, 1961년부터 2016년까지의 한미 양국 지도자의 지도력을 따져보기로 하지요. 일단 1961년부터 1979년까지 18년 동안 미국을 통치한 지도자의 지도력에 대해 말씀해주시지요.

김 그 기간을 정한 건 무슨 이유 때문인가요?

홍 한국에서는 박정희가 1961년 5.16 군사쿠데타를 일
   으킨 후 1979년 중앙정보부장에 의해 살해되기까지
   18년 동안 장기집권을 했었으니까요.

김 알겠습니다. 그럼 케네디, 존슨, 닉슨, 포드, 카터까
   지(1961~1981) 미국의 지도력에 대해 먼저 말씀드리
   겠습니다. 그중에서 제가 판단하기에 미국에 중대한
   영향을 끼친 케네디, 존슨, 닉슨에 대해서 구체적으
   로 이야기해보겠습니다.

케네디의 통상확대법,
박정희의 중화학공업

김　1961년 초에 취임한 케네디는 미국의 '통상확대법
　　(The Trade Expansion Act)'을 1962년에 통과시킴으로
　　써 미국 시장은 일본과 독일에 너무 빨리 그리고 너
　　무 관대하게 열린 바 있지요. 그 결과 미국에 필적할
　　정도로 거대한 산업적 잠재력을 갖춘 (제2차 세계대전
　　으로 증명되었지요) 일본과 독일 두 나라가 미국 시장
　　에 진출함으로써 미국의 제조업 분야, 특히 중공업
　　분야가 심각한 타격을 입었습니다.

홍　케네디의 미국 시장 개방 정책은 관세인하를 의미합
　　니까?

김　그것이 핵심입니다. 관세 및 각종 비관세 장벽 등 국
　　가 간 상품 거래에 장애가 되는 조치를 완화 혹은 철

폐할 목적으로 1948년 발족된 국제기구가 바로 '관세 및 무역에 관한 일반 협정', 곧 'GATT(General Agreement on Tariffs and Trade)'입니다. 이 GATT가 체결되기 이전의 평균 관세율은 70% 정도였고, 그래서 수입품의 국내 가격은 수입원가의 2배 정도였습니다. GATT 이후 낮아지기 시작한 미국의 관세율이 케네디의 관세인하 정책으로 더욱 가속화되다가, 그의 사망 후에도 계속 인하되었고, 결국 10% 조금 넘는 선으로 낮추어졌지요.

홍 케네디의 관세인하 동기는 무엇이었을까요?

김 케네디의 순진한 이상주의 및 공산국가의 도전(1957년 소련의 스푸트니크(Sputnik) 인공위성 발사와 1960년 쿠바의 카스트로 혁명) 때문이었지요.

홍 관세인하 한 가지 때문에 독일과 일본의 중공업이 미국의 중공업에 심각한 타격을 주었다는 사실은 좀 이해하기 힘든데요.

김 미국의 고관세가 없이 동일한 선상에서 경쟁을 한다면, 일본과 독일의 중공업 분야는 미국을 이길 충분한 자격을 갖추고 있었습니다.

홍 어떤 면에서요?

김 첫째가 일인당 GDP가 미국과 비교해 낮으므로 인

건비가 낮고, 둘째는 새로 개발된 생산성이 높은 생산재 확보가 가능했으며, 셋째는 노동자들의 의식의 차이입니다.

홍 노동자들의 의식 차이는 어떤 게 있습니까? 구체적으로 말씀해주시지요.

김 일본의 노동자 의식을 예로 들어보지요. 비록 두 발의 원자폭탄에 두들겨 맞긴 했지만, 그들에게 전쟁은 끝난 게 아닌 것입니다. 만일 자기들이 만든 TV가 미국 가정의 거실에 놓이고 자기들이 만든 자동차가 미국인에게 더 선호된다면, 미국과의 '전쟁 후 전쟁(post-war war)'에서는 승리한다는 것이지요. 독일 노동자들도 강도는 약하지만 비슷한 경우라고 할 수 있습니다.

홍 한 가지 의문을 떨쳐버릴 수 없네요. 미국이 독일에도 원자탄을 떨어뜨릴 수 있었을까요?

김 미국의 양심이 답해야겠지요. 아마도 시원한 답은 영원히 나오지 않을 겁니다. 그런 질문이 일본 노동자의 가슴에 자리잡고 있어 일본의 전후 경제복구에 도움이 된 건 사실입니다.

홍 동시에 그런 가상의 질문이 미국의 양심을 괴롭혔기 때문에 미국이 일본에 대해 필요 이상으로 관대하지 않았을까요?

김 그 정도에서 그냥 넘어가지요. 인종차별 문제는 인
간의 저질스러운 본성과 맞물려 있으니까요. 극단적
인 이데올로기만이 맞설 수 있을지 모르겠습니다.

홍 좋습니다. 그럼 미국의 일부 중공업 분야는 전쟁에
서 물리친 두 적대국에 의해 점령당한 셈이군요. 그
것을 패전국의 전후 복구를 지원하는 미국의 관대함
으로 받아들이면 어떨까요?

김 단순한 관대함을 초월하는 피해를 자신들도 모르는
사이에 미국 국민들이 입게 되었습니다.

홍 그게 뭐지요?

김 평범한 미국인의 마음속에는 독일제 메르세데스 차
는 탁월한 성능을 갖고 있으며, 일본제 토요타 차는
믿고 구매할 수 있는 제품이라는 이미지가 강력하게
각인되었습니다.

홍 미국인에게 자기들도 배울 게 있다는 것을 가르친
것은 나쁠 게 없지 않습니까?

김 나쁠 게 없지요. 하지만 인류가 용서는 하더라도 영
원히 잊지 말아야 할 역사를 잊게 했다는 것입니다.

홍 무슨 말씀이신지요?

김 아우슈비츠 대학살과 난징 대학살의 역사적 사실이

메르세데스와 토요타의 로고에 가려 미국 국민의 시야에서 서서히 사라졌다는 것이지요.

홍 실제로 미국의 전반적인 무역상황은 어떤 변화를 겪었나요?

김 케네디가 사망하기 전에 확대된 관세인하 정책은 1967년 케네디라운드로 이어졌습니다. 그로부터 채 10년도 되기 전인 1976년에 처음으로 무역적자를 기록했지요. 반면 일본은 1965년에 처음으로 무역수지가 흑자로 돌아섰으며, 1988년에는 480억 달러의 무역흑자를 기록했습니다.

홍 제2차 세계대전의 승자와 패자를 구분하기 힘들게 됐군요.

김 케네디의 문학청년 같은 낭만적 이상주의와 지도자로서의 경험부족이 가져온 결과물인 셈이지요.

● ● ●

김 그럼 미국 사정은 그 정도에서 잠시 접어두고, 그 당시의 한국 사정에 대해서 말씀해주시지요.

홍 1961년 케네디가 미국 대통령으로 취임한 지 몇 달되지 않아, 그 해 5월 16일 육군 소장 박정희가 쿠데타를 일으켰지요. 그는 사범학교를 나와 여자중학교 교사를 하다가 2년제 만주 군관학교를 다녔습니다. 이후 수석 졸업생에게 주어지는 일본 육군사관학교 편입의 혜택을 입어 일본군 장교로 복무하다가 8.15 광복을 맞았지요.

김 그런 배경의 박정희가 어떻게 그 당시 한국의 열악한 조건하에서 중화학 공업을 일으키기로 결심했는지 놀랍군요. 단순한 군인의 순진한 의욕이었던가요?

홍 박정희가 일본 육사에 편입했을 때, 모든 신입생에게 주어지는 일본의 중공업시설 견학을 하게 되었습니다. 20대 초반의 한국 농촌 출신 박정희가 중공업만이 국가의 힘이라는 확고한 믿음을 그때 갖게 되었다고 합니다.

김 중공업 부문에 집중투자하는 것을 세계의 원조 기관이 순순히 동의했을 리가 없었을 텐데요. 원조 기관의 도움 없이는 자본 축적이 불가능할 뿐만 아니라 원조에 의존하고 있는 한국이 자력으로 할 수는 없었을 겁니다.

홍 2001년 노벨경제학상 수상자의 말에 의하면, 세계은

행이 농업을 권장하자 한국은 "No, thank you"라고 한마디로 거절했다는군요. 여하튼 쿠데타를 일으킨 지 10년이 지난 후쯤, 그러니까 베트남 전쟁이 끝날 때쯤에는 한국에 제철공장 · 정유공장 · 조선소가 세워지고 고속도로가 놓여졌습니다.

김 케네디에서 시작된 베트남 전쟁은 닉슨에서 끝을 봤지요. 그럼 1974년부터 시작된 닉슨 시대로 돌아가볼까요?

홍 그러지요. 박정희 시대는 1979년 닉슨 시대를 지나 카터 시대에 끝이 났으니까요. 박정희는 자신의 부하인 중앙정보부 부장의 총탄에 맞아 죽음을 맞이했지요.

김 박정희가 죽으면서 무슨 생각을 했는지 궁금하군요. 살아 생전에 조국의 근대화를 위해 앞만 보고 달렸고, 동시에 인권을 탄압했다는 세계의 비난에 시달렸으니까요.

홍 박정희 서거 20주년을 맞아 1999년에 「박정희가 남긴 마지막 말」이라는 제목으로 일간지에 4회에 걸쳐 연재했던 저의 단편이 있습니다. 총탄을 맞고 숨을 거두기까지 박정희의 심정을 상상하며 쓴 독백체의 글이지요.

김 저에게 그 단편을 보내주실 수 있나요?

홍 그렇게 하지요.

케네디 시대 군산복합체,
전쟁을 일으키다

홍 1961년부터 1979년까지 거의 18년에 걸친 기간 동
   안 미국에 일어난 사건 중 베트남 전쟁은 미국 사회
   에 가장 큰 영향을 끼친 사건이 아닐까요?

김 그렇다고 봐야지요. 1963년 케네디 정부에서 본격적
   으로 시작된 베트남 전쟁은 존슨 정부를 거쳐 1973
   년 파리협상까지만 따지더라도 10년 동안 계속된 전
   쟁이었습니다. 사이공 함락은 그 2년 후에 일어났지
   만요.

홍 미국의 희생도 컸겠군요?

김 주둔군이 1963년에는 1만6천 명이었는데 몇 년 내에
   10만 명으로 늘어났습니다. 전쟁이 끝났을 때 미군
   의 희생자는 5만8천 명을 넘었습니다. 전쟁에 소요

된 비용은 최소한 1조 달러 이상이었습니다.

홍 본격적으로 참전하면서 케네디는 무슨 명분을 내세
웠나요?

김 도미노 이론(Domino Theory)입니다. 베트남이 공산화
되면 동아시아 전체가 곧바로 공산화된다는 이론이
지요.

홍 올바른 이론인가요?

김 아이젠하워가 이임사에서 경고한 대로 군산복합체의
보이지 않는 힘이 작용했다고 봐야지요.

홍 참으로 무서운 것이 군산복합체이군요. 미국 의회가
견제할 수 없었을까요?

김 거의 불가능합니다. 의회의 의원까지도 자기 편으로
만들어 배신하지 못하도록 만들어놓았으니까요.

홍 어떻게요?

김 한 가지 예를 들면, 포탄 조립공장을 각 주에 골고루
배치해놓음으로써 선거구민을 통해 출신구 의원들에
게 직·간접적으로 압력을 가할 수 있었습니다.

홍 그럼 전쟁 발발 가능성이 있는 인접 국가들이 전쟁
을 피할 수 있는 방법은 뭘까요?

김 당사자끼리 협상을 하는 수밖에 없습니다. 이익을
조금더 얻기 위해 서로 버티며 으르렁거리면 군산복

합체의 밥이 되어 필연적으로 전쟁이 일어나게됩니
다. 그러면 인명의 희생은 말할 것도 없고 수십 년에
걸쳐 피땀 흘려 이루어놓은 사회간접자본이 순식간
에 잿더미로 변해버리지요. 중동의 여러 나라를 보
십시오. 이웃 나라끼리 싸우고, 또 한 나라 안에서도
서로 싸우다가 결국에는 다 잿더미만 남았지요.

홍 "한반도에서 또 다른 전쟁은 있을 수 없다"라고 선언
한 한국의 현 정부는 참 잘한 거군요.

김 아이젠하워가 1961년 이임사에서 군산복합체에게
경고한 이후로, 처음으로 제대로 한방 먹인 겁니다.
참 자랑스럽습니다.

홍 군산복합체가 그토록 위험한 존재인 줄은 꿈에도 생
각해본 적이 없습니다.

김 아이젠하워 딸이 아버지가 죽은 후 인터뷰에서 한
말이 있습니다. "아버지(아이젠하워)는 자신이 군 출
신인데도 군산복합체가 자기를 컨트롤하려고 드는
데, 군 경험이 없는 대통령은 어떻게 끌려다닐지 크
게 걱정이 된다"고 자주 토로했다는 거예요.

홍 케네디, 클린턴, 조지 W. 부시(아들 부시), 오바마,
이들은 모두 군대 경험이 없습니다. 그래서 그들이
집권했었을 때는 전쟁이 일어난 건가요? 전쟁의 비

극을 이해하지 못했을 테니까요.

김 어떤 연관관계는 있을 겁니다. 아버지 부시(조지 H.
W. 부시)와 아들 부시는 특히 출신주 텍사스의 석유
산업을 관장했으므로 군수산업과 관계가 있을 테지
요.

홍 트럼프도 군대에 간 적이 없습니다. 그래서 전쟁이
무서운 줄을 알 턱이 없고, 그래서 전쟁을 일으키기
쉽겠군요.

김 그러니까 "한반도에서 또 다른 전쟁은 있을 수 없다"
라고 국제 외교 무대에서 처음으로 공식 선언한 문
재인 정부의 여성 외교부 장관에게 더 큰 박수를 보
내야겠지요.

홍 그러고 보니 한국의 두 여성이 한국을 품위 있는 선
진국으로 만들었군요.

김 한 여성은 전쟁광들에게 만만해 보이는 한국을 무시
하지 못할 국가로 만들었는데, 또 한 여성은 어떤 일
을 이루었습니까?

홍 뇌물공화국이라는 불명예를 제거하는 하나의 입법안
을 제안함으로써 한국을 세계에서 가장 깨끗한 국가
로 만들었습니다.

김 홍 선생을 지독한 페미니스트로 칭하는 사람들이 꽤

많을 겁니다.

홍 한국 여성의 DNA가 한국 남성의 것과 비교하여 워낙 우수하기 때문입니다.

김 왜 우수하지요?

홍 핍박과 인내의 오랜 역사와 깊은 관련이 있습니다. 유대인이 다른 민족에 비해 우수한 이유와 같지요. 그들의 역사도 똑같이 핍박과 인내의 역사였으니까요.

김 남녀평등을 넘어 여성우월의 시대가 열리겠군요.

홍 머지않아 자연히 그렇게 될 겁니다. 스포츠 분야는 이미 그렇게 되었고, 이제부터는 법조계부터 시작해 사회 전반에 걸쳐 광범위하게 퍼질 겁니다. 그때가 되면 한국이 세계를 리드하는 나라 중의 하나가 되지 않겠습니까?

닉슨과 박정희 시대,
베트남 전쟁의 실과 득

김 이야기가 조금 빗나갔습니다. 베트남 전쟁에 대해
   이야기하고 있었는데, 전쟁에 관해 논의한 것은 미
   국 대통령의 잘못을 지적하기 위해서였지요.

홍 베트남 전쟁이 미국에는 인명의 희생과 더불어 경제
   적·도덕적 면에서도 큰 타격을 주었습니다. 반면
   한국에는 물론 귀중한 생명의 희생은 있었지만 경제
   적으로 큰 도움이 되었지요.

김 베트남 전쟁은 형식적으로는 다국적군의 참전이었습
   니다. 그러나 실제 참전국은 미국과 한때 5만의 군대
   를 파병했던 한국뿐이었습니다. 한국의 득은 무엇이
   었나요?

홍 경제적으로 큰 도움이 됐지요. 베트남에서의 한국

공병대의 도로 공사 경험이 이후 한국 건설회사의 중동 시장 진출의 발판이 되었으니까요. 그리고 경부고속도로의 건설자금 조달도 베트남 전쟁과 연결될 겁니다.

김 그런데 참으로 놀라운 일이 일어났습니다. 제가 듣기로 2017년 베트남의 일등 기업이 한국의 삼성전자 현지법인이라고 합니다. 10만 명 이상의 현지인을 고용하는 이 법인이 스마트폰의 수출로 베트남 수출액의 25%를 감당하고 있다고 하더군요.

홍 한국의 재벌기업은 국내에서는 자주 비난의 대상이 되곤 하는데, 그들 임직원의 피나는 노력이 없이는 불가능한 일도 많은 건 사실입니다. 때로는 그들에게 박수를 보내는 아량도 필요하다고 생각합니다.

김 두 나라간의 신뢰 정도가 높지 않으면 불가능한 일일 텐데 어떻게 그런 신뢰가 상호간에 쌓일 수 있었을까요? 한국의 베트남 참전으로 베트남인들이 적잖은 적개심을 품고 있을 텐데요.

홍 글쎄요…… 두 나라가 긍정적인 면을 함께 갖고 있다고 봅니다. 한국과 베트남은 먼저 유교사상에 정신적 뿌리를 내리고 있다는 공통점이 있습니다. 장유유서, 명예 존중, 조상숭배의 사상 등이 그것이지요. 한국은 유교의 원형이 살아 존재하는 세계에서 유일한 국가입니다. 그러한 유교의 바탕 위에서 불교와 기독교를 받아들였습니다.

김 호치민의 아버지도 유학자고, 호치민도 유학도였지요. 아마 호치민이 베트남의 국부로서 세계 지식인의 존경을 받는 것은 그런 그의 배경이 크게 작용하는 것으로 보입니다.

홍 유교사상을 떠나 베트남을 한국인이 진정으로 존경하는 이유가 있지요. 베트남이 1960년대와 1970년대 말에 세계 최강의 나라 미국과 중국에 맞서 주눅들지 않고 당당히 싸워냈다는 거지요. 미국은 1950년대 한국의 적화를 막아주었고, 중국은 역사적으로 형제관계나 군신관계로 한국에 군림했지만요.

김 그러면 베트남은 한국을 어떻게 존경하게 되었나요?

홍 눈부신 경제발전이 첫째 이유일 겁니다. 그 다음으로 한류 드라마도 한몫 했을 거고요. 그리고 그 무엇보다도 자신들을 세계 최강국인 미국과 싸워 이긴 강인한 민족이라고 인정하는 한국인의 마음가짐에 대한 고마움의 표현일 겁니다.

김 베트남 전쟁을 끝낸 공도 닉슨에게 있고, 베트남의 공산화의 책임도 얼마간은 닉슨이 져야 하겠지요. 하지만 지금의 미국 시점에서 보면 베트남의 공산화로 인한 미국의 피해는 따지기가 쉽지 않습니다. 그러나 닉슨의 징병제 폐지(1973)는 분명히 미국에 적잖은 피해를 입힌 건 사실입니다.

홍 어떤 피해입니까?

김 세 가지 피해를 들 수 있는데, 첫째는 미국의 젊은이들이 정신적·육체적으로 단련될 기회를 잃어버리게 되었다는 것이고, 둘째는 군대가 국가의 안보 때문이 아니라 국가의 경제적 이익을 위해 동원될 수 있다는 거지요. 그리고 셋째는 국가관의 결핍으로 인해 젊은이들이 갖게 되기 쉬운 일확천금의 과욕이고요.

홍 김 교수께서 지적한 세 가지 피해 중 첫 번째에는 공감이 갑니다. 군대에서 장교나 사병으로 고된 훈련 과정을 거친 한국의 젊은이들이 군대 경험을 하지 않은 미국과 일본의 젊은이들과 싸워 이길 수 있었습니다. 한국의 젊은이들이 베트남의 삼성을 만들고, 말레이시아와 베트남에 초고층 건물을 짓고, 중동 사막을 가로지르는 고속도로를 건설할 수 있었던 힘도 거기서 나온 것이 아닐까요?

김　맞습니다. 거기다가 한국의 대학 입시제도로 인한 고등학교 시절의 치열한 경쟁의식도 큰 몫을 했을 겁니다. 취학 전 시기와 함께 고등학교 시절이 두뇌 발전의 중요한 시기니까요. 한국의 노동자들은 다른 나라의 노동자들과 비교해봐도 분명히 더 똑똑합니다.

홍　김 교수께서 제시한 두 번째 피해도 이해가 갑니다. 1973년 이후 미국이 참여한 크고 작은 전쟁이 많았는데, 그것이 징병제 폐지와 어떤 함수관계가 있겠군요. 그런데 닉슨의 징병제 폐지는 도대체 왜 이루어졌나요?

김　징병제 폐지는 1972년 재선에 도전하는 닉슨이 젊은 이들의 환심을 사기 위해 내건 공약이었고, 닉슨 재선 후 우여곡절 끝에 폐지되었습니다. 그 당시 자원병 제도에 대한 반대도 컸습니다. 그렇게 되면 미국 군인은 용병으로 전락하게 된다는 우려 때문이었지요.

홍　사실 따지고 보면 1970년 초 당시의 한국 지도층은

34

베트남의 적화 가능성보다 오히려 미국의 징병제 폐지 가능성을 더 큰 충격으로 받아들였습니다. 만약 한반도에서 전쟁이 나면, 용병으로 이루어진 미군이 6.25 전쟁 때처럼 적극적으로 싸우지 않으리라는 불안감 때문이었지요.

김 그래서 박정희의 유신정권이 탄생했습니까?

홍 그와 함께, 베트남 다음의 공산화 대상은 한국이 될 것이라고 여기는 분위기가 국내 학계의 좌경 지식인 층을 지배하고 있었기 때문이었습니다.

김 하지만 유신정권은 너무 탄압적이지 않았습니까?

홍 그렇기도 했지요. 하지만 베트남의 공산화 이후 국내 학계의 주사파는 마치 자기들 세상이 이미 온 것처럼 행동하는 경향도 있었습니다. 여하튼 유신정권은 1979년 중앙정보부 부장의 총탄에 의해 끝이 났고요.

김 그럼 박정희의 유신정권은 극심한 인권 탄압 말고 또 무엇을 남겼지요?

홍 지극히 중요한 두 가지를 남겼습니다. 첫 번째는 유신기간 7년 동안(1972~1979) 연 11%가 넘는 경제성장을 이루어 이른바 '테이크 오프(take-off)', 곧 '도약의 단계'에 도달했다는 거지요. 두 번째는 북한과의 경제력 차이가 너무나 커지는 바람에 남한의 북한 동조세력이 설득력을 잃게 되었다는 사실입니다.

김 그랬었군요. 박정희의 치적에 관해 추천할 만한 논문이 있습니까? 한번 자세히 읽어보고 싶습니다.

홍 제가 과거 발표했던 글에 포함된 기사가 있습니다. '박정희의 분야별 치적'을 정리한 기사를 모아놓은 것인데, 나중에 보내드리겠습니다.

김 고맙습니다. 꼭 정독하겠습니다. 그리고 마지막으로, 제가 언급한 징병제 폐지의 세 번째 피해에 대해서는 어떻게 생각하시나요?

홍 젊은이들의 국가관 상실과 배금사상은 참 적절한 지적입니다. 젊은이들에게 국가관을 불어넣어주는 방법으로 군대 이상이 없습니다. 국가관이 없으면 젊은이들은 자본주의의 상업화에 압도되어 자연스레 배금사상에 젖어들게 되지요.

김 그래서 미국의 가장 우수한 젊은이들이 월스트리트에 모여 일확천금을 꿈꾸고 있군요. 사기에 가까운 온갖 행위도 서슴지 않으면서…….

홍 징병제 폐지로 미국의 청년들은 스스로를 정신적 · 육체적으로 단련할 기회를 잃어버린 겁니다. 보다 중요한 것은 금전적인 동기와 상관 없는 '큰 꿈'을 배

우고, 또 그 '큰 꿈'을 품고 사는 거지요. 바로 그런
기회를 박탈당한 것입니다.

카터, 한반도의 전쟁 가능성을 막다

김 이제 레이건 집권(1981~1989)으로 넘어가지요. 레이건은 이른바 금융자본주의(finance capitalism)를 실천에 옮겼는데, 실제로 이 제도는 트럼프가 집권한 2017년 초까지 36년 동안 계속되었다고도 볼 수 있습니다.

홍 그 긴 기간 동안의 특색이라면 어떤 게 있지요?

김 월스트리트 출신들이 미국 권력의 핵심을 이루었다는 사실입니다.

홍 레이건이 집권하기 전 4년 동안 통치한 카터(1977~1981) 정부는 특기할 만한 사항이 없었는지요?

김 그런 사항을 꼽는다면, 카터의 전직 대통령의 역할에서 있었습니다. 카터는 1994년 김일성과 만나 담

38

판을 지어 영변 폭격을 막았습니다. 그런 의미에서 한민족이 가장 고마워해야 할 사람이지요.

홍 말이 나온 김에 그것과 관련해 한 가지 질문을 해야겠군요. 그때 미국이 영변을 폭격했다면 어떻게 되었을까요?

김 한반도는 영원히 회복이 불가능한 폐허로 변했을 겁니다. 그 당시 주한 미국 대사였던 제임스 레이니 (James Laney), 주한 유엔군 사령관이었던 개리 럭 (Gary Luck), 그리고 미국 특사였던 로버트 갈루치 (Robert Gallucci)가 그 후 여러 인터뷰에서 밝힌 바에 의하면 그렇다는 겁니다.

홍 한반도가 완전 폐허가 된다는 것은 북한의 군사적 대응이 있었으리라는 가정하에서겠지요?

김 그 당시 최소 5백 문의 재래식 포가 경계선을 따라 지하벙커에 배치되어 있었습니다. 그 포가 서울을 포격하면 서울 시민 수백만 명이 희생될 것이며, 포격보다도 오히려 방사능에 의해 더 참혹한 희생이 뒤따를 것이라는 전문가의 분석이 있었습니다.

홍 방사능이란 영변 원자력 발전소를 폭격할 때 유출되는 방사능을 의미하나요?

김 그렇지요. 남한에는 10기 이상의 원자력 발전소가

있었습니다.

홍 클린턴 팀이 영변 폭격을 결정했을 때는 그런 위험
성을 염두에 두지 않았을까요?

김 그들은 두 가지 잘못된 가정하에서 그런 결정을 내
렸습니다. 첫 번째는 미국이 영변을 폭격하더라도
북한이 군사적 대응을 하지 않을 것이라는 가정이었
지요.

홍 무슨 근거에서요?

김 핵 관계 특임대사였던 로버트 갈루치에 의하면, 영
변 폭격 전 미국이 북한 당국에 "폭격이 정권교체
(regime change)의 목적은 아니다", 쉽게 말해 "북한의
현 정권은 오히려 보호해주겠다"라는 메시지를 정확
히 전하기로 되어 있었다는 거지요.

홍 그러면 김일성이 군사적 대응을 하면 망할 테니까
참을 것이라는 거였군요. 참 위험한 생각입니다. 북
한이 공격당하는 순간에 북한의 일선 지휘관들의 통
제는 쉽지 않았을 것입니다. 두 번째 잘못된 가정은
무엇입니까?

김 영변을 폭격할 때 이른바 '정밀 타격(precision attack)'
을 하면 방사능 유출을 최소화할 수 있다는 가정이
었지요. 그래서 영변의 방사능 유출로 인한 한반도

의 초토화는 면할 수 있다는 가정이었습니다.

홍 그것이 왜 잘못된 가정이었지요?

김 미국의 북한 폭격이 임박했던 그 당시 미국 대사였
던 제임스 레이니와 주한 유엔군 사령관인 개리 럭
대장 사이에 있었던 대화를 소개하지요. 레이니 대
사는 한국 부임 전까지 에모리 대학의 총장이었으
며, 럭 대장은 공과대학 출신으로 박사학위를 지닌
인텔리 군인입니다.

홍 그들 사이의 대화가 궁금합니다.

김 레이니 대사의 '정밀 타격'에 대한 질문에 럭 대장의
답변은 간단명료했습니다. 인류 역사상 운영되고 있
는 원자력 발전소를 폭격한 적이 없고, 아무리 정밀
하다고 해도 일단 폭격하면 방사능 유출은 막을 수
없다는 거지요. 유출된 방사능이 한반도를 순식간에
덮친다는 것입니다.

홍 후쿠시마 원전이 떠오르는군요. 쓰나미가 발전기를
망쳐서 발생한 단순한 정전사고 때문에 그런 피해를
당했는데…….

김 그래서 카터 대통령의 동상이라도 세워야 한다는 거
지요.

홍 그 정도로 카터의 역할이 컸나요?

김 갈루치 특임대사에 의하면, 클린턴이 국방장관을 포
 함한 안보팀과 북한 폭격의 최종결정을 내릴 순간에
 카터가 평양에서 백악관에 전화를 했다고 합니다.
 갈루치가 회담장소를 나와 카터의 전화를 받아 김일
 성과의 합의를 전달받았다는 거예요.

홍 참 아슬아슬한 순간이었군요.

김 그걸로 끝난 게 아닙니다. 클린턴이 카터의 합의를
 무시할 수 있었으니까요. 그 당시 카터의 북한 방문
 은 정부에서 승인한 사항이 아니었습니다. 다만 개
 인 자격으로 북한 김일성의 초청을 수락한 것이었지
 요.

홍 그런데 클린턴이 다행히 그 합의를 받아들였군요.

김 그럴 수밖에 없었지요. 카터의 백악관 전화 직후,
 CNN 방송이 평양에서 이루어진 카터와 김일성 사
 이의 합의 내용을 카터와의 인터뷰 형식으로 생방송
 하고 있었으니까요.

홍 그래서 클린턴은 국제 여론 때문에 전쟁을 일으킬 수
 없었군요. 클린턴은 참 무자비한 자입니다. 한반도가
 처할 위험성을 충분히 감지하고 있었을 테니까요.

김 무자비하고 저질스럽지요. 20대 초반의 인턴 여성을
 백악관 집무실로 불러다가 유사 성행위를 했을 정도

니까요. 카터의 개입이 없었으면 한국 민족은 영원
히 파멸되었을지도 모릅니다.

홍 트럼프가 2016년 대통령 선거전에서 상대방 후보인
힐러리 클린턴을 '사기꾼 힐러리(Crooked Hilary)'라는
별명으로 호칭했지요. 그 근거는 뭐였지요?

김 대통령 선거 전 1년 동안 클린턴 부부가 강연료로 번
돈이 거의 1천만 달러, 우리 돈으로 약 115억 원입니
다. 부부가 30회 정도의 강연을 했고, 한 시간 남짓
의 1회 강연료로 평균 33만 달러(약 3억 8천만 원)를
받았습니다. 그 돈은 사실상 대통령이 될 사람에게
주는 미래의 뇌물로 봐야 합니다.

홍 거기에 비하면 공직자 출신의 강사인 경우에 한 시
간 강의료 상한선을 50만 원 정도로 정한 우리나라
는 순수하다고 할 만하군요.

김 미국은 그렇게 썩었습니다. 합법을 가장한 부패가
만연해 있지요. 제약회사에 등록된 로비스트 숫자가
국회의원 숫자보다 많습니다. 그래서 미국의 약값이
그렇게 비싼 겁니다. 한국을 '헬 조선!'이라고 부르고
미국을 흠모하는 사람들에게 꼭 들려주고 싶은 말입
니다.

홍 중국 지도층의 부패는 어느 정도일까요?

김 미국의 부패도 심하지만 중국 지도층의 부패는 훨씬 더 심합니다. 현재 중국 지도층의 가족들은 거의가 거부에 속할 정도니까요.

홍 카터의 협상으로 1994년 클린턴의 한반도 폭격을 피할 수 있었다고 하셨는데, 그 뒤 카터-김일성 사이의 합의는 왜 깨졌는지요?

김 부시가 1998년 연두교서에서 이란과 이라크 그리고 북한을 '악의 축(Axis of Evil)'으로 규정하며 북한을 몰아붙였지요.

홍 왜 그랬지요?

김 아이젠하워가 이임사에서 언급한 군산복합체가 생각납니다. 이 '괴물'은 무슨 수를 쓰든 전쟁을 일으킬 나라를 끊임없이 만들어야 하는데, 이란·이라크만을 대상으로 하자니 지역적으로나 숫자로나 균형이 맞지 않고, 또 한 나라를 추가하는 것이 연설문 흐름에 맞아 북한을 끼워넣었다고 보는 게 맞을 겁니다.

홍 그러니 클린턴은 금권주의자(plutocrats)의 꼭두각시이고, 부시는 군산복합체에 놀아났다는 뜻이군요.

김 그렇다고 봐야지요. 가장 좋은 지도자 선출 과정을 가졌다는 미국이 그런 지도자를 뽑았다면, 다른 나라의 지도자는 어느 수준인지 상상이 가지요?

홍 공포가 느껴집니다.

김 세계의 어느 지도자도 믿어선 안 됩니다. 자국민의
   이익과 자신의 정치적 위상을 위해서라면 타국인의
   어떤 희생에도 개의치 않을 지도자들이 대부분일 겁
   니다.

레이건의 '금융자본주의',
한국의 지속적인 경제성장

김 레이건의 치적에 관해 이야기하다가 순식간에 한국
   의 전쟁 발발 가능성에 대해 꽤 길게 논의했군요. 하
   지만 꼭 짚고 가야 할 문제였습니다. 뭐니 뭐니 해도
   한국의 최우선 문제는 한반도의 전쟁을 피하는 것이
   기 때문입니다.

홍 한국인이라면 누구나 동의할 겁니다. 경제야 오르락
   내리락할 수 있으나 한반도에서 전쟁이 나면 한국 민
   족은 영원히 재기할 수 없을지도 모르니까 말입니다.

김 사실상 레이건의 1981년 취임 후 오바마의 2017년
   퇴임 시까지, 그러니까 트럼프의 취임 시까지, 거의
   36년 동안 미국은 금융이 제조업을 포함해 거의 모
   든 영역을 좌지우지하는 금융자본주의의 지배 아래

에 있었습니다.

홍 그 기간 동안 미국의 제조업 기반은 완전히 파괴되어 TV에 들어가는 평면 스크린 하나도 만들어내지 못하는 상황이 벌어졌군요.

김 그렇습니다. 미국 금융계의 엘리트 집단이, 세 명의 공화당 출신 대통령과 두 명의 민주당 출신 대통령이 재임했던 36년의 긴 세월 동안 미국을 실질적으로 지배했지요.

홍 미국을 지배했던 엘리트 집단이라면?

김 1981년부터 1986년까지 비서실장과 재무장관을 지내며 대통령 레이건을 움직인 도널드 리건은 투자회사인 메릴린치의 CEO 출신입니다. 그 후 여러 대통령을 막후에서 조종한 일곱 명이 모두 금융계 출신입니다.

홍 그들은 누구인가요?

김 1987년부터 2006년 동안은 (일부는 그 기간의 부분만 참여했지만) 그린스펀—루빈—서머스—폴슨이고, 2007년부터 2016년 동안은 (역시 일부는 그 기간의 부분만 참여했지만) 서머스—버냉키—가이트너였습니다. 그들이 미국의 금권주의를 창조한 자들입니다.

홍 그럼 36년간 이른바 금융자본주의를 시작한 레이건

의 치적에 대하여 말씀해주시겠습니까? 저는 그 시기에 비슷하게 해당되는 전두환의 치적에 대해 말해보지요.

김 좋습니다. 하지만 치적보다는 실정(失政)에 대해 말해야겠군요. 레이건은 취임 후, 미국의 항공관제사협회 회원을 1만 명 이상 해고함으로써 관제사 노동조합을 무력화하는 데 성공했습니다. 이런 분위기에 편승하여 기업들은 노조의 해체에 총력을 기울여, 결국 민간부문 노동조합 비율이 30%에서 10%로 줄어들었습니다.

홍 노동조합 결성 비율이 줄었다는 것은 기업에게 좋은 것이 아닐까요?

김 반드시 그런 것만은 아닙니다. 기업경영의 투명성이 약해지고, 따라서 기업경영층의 횡포도 심해집니다. 그래서 미국 역사상 처음으로 기업이 헤지펀드의 사냥감으로 기업사냥꾼의 배만 불리며 조각조각 쪼개져서 팔려나가는 일이 일어났습니다. 또 기업이 M&A(Merger and Acquisition, 기업 인수 합병)를 통해 공룡화되면서 실업자를 양산하기 시작했고요.

홍 무조건 투쟁하는 노조만 아니라면, 강한 노조를 갖고 있는 한국이 좋은 점도 있군요.

김 당연히 있지요. 미국의 금융기관이 한국에서처럼 강력한 노조가 있었다면, 경영진의 부도덕한 성과급 파티나 약탈적인 대출과 같은 일이 일어나지 않았을 겁니다.

홍 2008년 미국의 금융위기도 시발점은 레이건의 금융 자본주의에 있었군요.

김 그렇다고 봐야지요. 결국 국가부채로 간신히 해결되긴 했지만, 미국의 후손들에게 국가부채를 떠넘긴 셈이지요……. 레이건과 비슷한 시기의 한국은 어땠습니까?

● ● ●

홍 1979년 말 박정희가 암살된 후 일정 기간의 혼란기를 거쳐 박정희 밑에서 육군 보안사령관으로 있었던 전두환이 권력을 잡았지요.

김 권력장악 과정에 심각한 인권유린 문제가 있었다면 서요?

홍 계엄군의 과잉진압으로 인해 광주 시민들의 무고한 희생이 컸던 걸로 알고 있습니다. 그래서인지 전두환은 특기할 만한 치적을 남겼습니다.

김　어떤 학자가 "집권자는 합법성(legitimacy)이 결핍되면 능률성(efficacy)을 확보하려 한다"라는 이론을 전개했는데 그 이론이 적용될지도 모르겠습니다.

홍　여하튼 전두환은 차기 정권이 들어선 1988년까지 약 8년 동안 악정(惡政)과 함께 지속적인 경제성장 면에서 여러 가지 치적을 남겼습니다.

아버지 부시 시대,
구소련 붕괴로 재앙을 피하다

김 레이건 이후에 4년 단임제를 지낸 조지 H. W. 부시
    (1989~1993)를 거쳐 클린턴(1993~2001) 시대로 진입합
    니다. 아버지 부시의 치적은 단연 공산주의의 종주
    국인 구소련의 몰락을 들 수 있겠지요.

홍 소련의 몰락은 대부분의 인문 분야 지식인에게는 충
    격적이었지요. 사실 그들 대부분의 공통된 노력은
    공산주의의 도래를 가장 희생이 적은 방법으로 성취
    하는 데 있었으니까요. 노동자가 다수인 세계의 공
    산화는 시간문제이지 기정사실로 받아들였습니다.

김 문학 분야 학자들의 태도도 그랬나요?

홍 문학 분야 학자라면 주로 문학평론가들인데 그들 다
    수의 태도는 "언제 핵전쟁이 터질지 모르는데 사랑

따위의 이야기에 신경을 쓸 거냐? 공산주의의 도래를 촉진하는 문학을 추켜올리는 것이 평론가의 의무이어야 한다"로 요약할 수 있습니다.

김 그래서 한국의 문학이 좌경화되었군요. 세계 지식인들의 지배적 사고 경향을 추종하는 한국 지식인이 많았으니까요.

홍 어리석은 질문일지 모르나, 구소련이 몰락한 이유는 뭔가요?

김 어리석다니요? 어느 석학도 그 질문에 대해 확신 있는 답은 못 내놓고 있습니다. 자본주의를 대체할 줄 믿었던 공산주의가 거의 70년 만에 몰락했으니까요.

홍 1980년대 초만 하더라도 구소련이 이끄는 공산주의가 미국이 이끄는 자본주의에 승리하리라는 예측이 압도적이었지요. 특히 상아탑의 지식인 서클에서는 더 그랬지요.

김 그때만 하더라도 소련 지도층이 얼마나 부패했는지 서양의 지식인은 몰랐지요. 1986년 체르노빌(Chernobyl) 원전사고가 났을 때 소련 국민들은 자국 내의 뉴스는 전혀 믿지 않고 국제원자력기구(IAEA)의 발표만을 믿었을 정도니까요. 하물며 소련의 지도층끼리도 서로를 믿지 못했습니다.

홍 어떻게 그렇게까지 되었을까요?

김 깊숙이 따지고 보면, 사유재산이 인정되지 않는 사회에서는 결국 경쟁심이 없어지게 되고, 경쟁심이 없으면 인간은 게을러지고, 게으르면 경제가 퇴보되고요. 경제가 퇴보되면 부패가 심해지고요. 그런데도 불구하고 미국과의 군비경쟁으로 인해 소련의 경제는 벼랑 끝에 밀렸지요. 원자력 발전소 하나 제대로 정비할 여력이 없었습니다.

홍 지도층의 부패는 어떠했습니까?

김 말도 안 되는 정도였지요. 고르바초프 이전의 브레즈네프 서기장은 공개된 취미가 서양의 고급차를 수집하는 것이었으니까요. 언론의 자유가 보장되지 않는 사회의 지도층은 반드시 부패하게 되어 있습니다.

홍 여하튼 지식인들이 그토록 걱정하던 미국과 소련 간의 핵전쟁을 피할 수 있었던 것은 참 다행이네요.

김 인류에게 다시 한 번 희망을 준 것이지요. 그 당시 소련의 핵탄두 5천 기가 미국 본토를 향한 채 크렘린의 발사 명령을 기다리고 있었으니까요.

홍 인류의 재앙을 피한 공을 누구에게 돌려야 할까요?

김 소련이 막을 내릴 때의 고르바초프 서기장과 그의 부인인 라이사(Raisa) 여사한테 가야 하지 않을까요?

홍 왜 라이사 여사지요?

김 제 느낌입니다. 고르바초프 혼자서는 그런 과감한 결정을 못 내렸을 겁니다. 철학과 사회학 학자로서 인문학적 사고를 할 수 있었고, 거기다가 여성적 감수성으로 무장된 라이사 여사의 과감한 결단력이 결정적인 역할을 했을 겁니다.

홍 그러니까 어쩌면 라이사라는 한 여성의 힘으로 미국을 향해 있었던 5천 기의 미사일을 다 치우게 되었다고도 할 수 있겠군요.

김 5천 기가 0기가 되었으면 뭐합니까! 미국의 국방예산은 주적인 구소련의 몰락 후에도 계속해서 상승하고, 10조 원에 가까운 건조비가 드는 항공모함 숫자도 계속해 늘어나고…….

홍 그 이유는 뭡니까?

김 군산복합체의 횡포지요. 그들의 횡포에서 벗어나려면 한국도 정신을 바짝 차리고 있어야 합니다. 아이젠하워가 1961년 이임사를 군산복합체에 대한 경고로 대체한 것은 그럴 만한 이유가 있었습니다. 미국의 민주주의가 이들 군산복합체에 의해 점령당할 수 있다는 경고였지요.

클린턴의 '금권주의', 금융위기에 빠뜨리다

김 동서 대치 상황이 끝난 후, 그러니까 1991년 구소련의 몰락 후 1993년에 시작된 클린턴(1993~2001)의 금융자본주의는 그 성격이 조금 변합니다. 공산주의와의 경쟁구도가 사라지면서 '금융'의 색채가 가일층 강조되어 '금융자본주의'라기보다 오히려 '금권주의(plutocracy)'에 가까워졌지요.

홍 금융자본주의가 금융이 제조업을 지배하는 성격이 강하다면, 금권주의란 사회가 거부들에 의해 지배된다는 상황을 의미하는 것으로 알고 있습니다.

김 그런대로 간단한 정의를 내렸습니다. 여하튼 클린턴 정부하에서 탄생된 미국의 금권주의는 오바마 정부(2009~2017)에 와서 완성되었다고 봐야 합니다. 2010

년에 민간 정치자금 후원회, 이른바 '슈퍼팩(Super Pac)'이 미국 대법원에서 5 : 4의 판결로 합법화되었기 때문입니다. 이로 인해 합법적으로 무제한 모금이 가능한 슈퍼팩이 미국의 선거 결과를 좌지우지하게 되었습니다. 그래서 "돈이 언론이다(Money is speech)"라는 등식이 법적으로 인정된 꼴이 되고 만 것입니다.

홍 클린턴의 실정으로 무엇을 들 수 있나요?

김 두 가지를 들 수 있지요. 첫 번째는 투자은행과 일반은행을 분리하는 법(Glass-Steagall Act)의 폐지를 승인함으로써 전 금융업을 투기 사업화했다는 것과, 두 번째는 중국을 '세계무역기구(WTO)'에 가입시킴으로써 미국의 제조업 분야에 치명타를 가했다는 거지요.

홍 클린턴의 첫 번째 실정은 실정이라기보다 아시아의 금융위기를 불러옴으로써 태국 · 말레이시아 · 인도네시아 · 한국은 혹독한 시련을 겪었었지만, 미국의 금융기관에는 폭리를 가져오지 않았습니까?

김 하지만 시간이 흘러, 계속된 투기금융의 과욕은 결국 미국의 중산층을 파괴한 2008년의 미국 금융위기를 유발하게 되었지요.

홍 미국의 중산층 파괴는 참으로 안타까운 일입니다. 미국은 이미 19세기 중반에 저명한 프랑스 사회학자에 의해 '계급이 없는 중산층 사회(classless middle-class society)'로 높이 평가되었으니까요……. 중국의 WTO 가입은 어떻게 미국의 제조업을 파괴했나요?

김 2001년 중국이 WTO의 정식회원이 되었을 때, 14억 인구를 가진 중국의 노동자는 교육수준이 높았고 공산주의의 엄격한 규율에 익숙했습니다. 일인당 GDP는 미국의 40분의 1 수준인 1,000달러 정도였습니다. 미국의 제조업이 치명타를 입는 건 당연하지요.

홍 미국의 제조업이 치명타를 입는다는 사실을 미국 정계가 어떻게 용납했을까요?

김 금권주의하에서는 충분히 있을 수 있는 일입니다. 미국 사회를 지배하는 거부들의 입장에서는 중국이란 나라는 자기들의 부를 확대해줄 거대한 미래 시장으로만 보였을 테니까요.

● ● ●

홍 아시아 금융위기와 관련하여 생각나는 단어가 있습

니다. 위기를 당한 아시아 국가의 지도자들을 '98학번'이라고 한다는 말이 있다면서요? 그때부터 무역흑자와 외화보유고를 최우선 정책으로 택했지요.

김 예, 그 당시 아시아의 4개국 지도자를 'Class of '98'이라고 불렀습니다. 한마디로 투기성 자본이 몰려들어와 아시아 4개국이 그때까지 힘들게 축적해놓은 달러를 휩쓸어 갔습니다. 거기다가 덧붙여 거대한 부채까지 안겼습니다.

홍 그럼 아시아 4개국은 어떻게 살아남았나요?

김 주로 환율 하락과 임금 하락 덕분에 미국 시장으로의 수출길이 열렸지요. 결국 미국의 제조업에 타격을 준 것은 미국의 투기성 자본이었던 셈입니다.

홍 그 투기성 자본은 아시아 4국의 부를 착취한 후 어디로 흘러갔나요?

김 미국 본토로 되돌아가 중산층의 근간인 주택구입 자금으로 축적된 자금, 즉 '홈 에퀴티(home equity)'를 먹이로 삼아서 중산층을 흔들어놓았고, 궁극적으로는 2008년의 금융위기를 불러왔지요.

홍 그자들은 지금 감옥에 있나요?

김 천만에요. 그자들이 현재 금권주의를 이끄는 '금권주의자'가 되어 있습니다.

홍 그들의 다음 타깃은 누구일까요?

김 그들은 중국이라고 생각하겠지만 천만의 말씀입니다. 중국은 전 세계 인구의 5분의 1인 14억 인구를 공산당의 일당 독재가 지배하는 '비시장 경제(non-market economy)' 체제를 갖추고 있습니다. 그들이 아시아 금융위기와 미국 금융위기에 썼던 '약탈적 대출(predatory lending)' 방법은 '시장 경제(market economy)' 체제에서만 효력이 있을 겁니다.

홍 '약탈적 대출'을 어떻게 정의를 내릴 수 있나요?

김 갚을 수 없는 자에게 알면서 빌려주고 못 갚게 되면 아예 작살을 내는 것이지요. 한마디로 규모만 크다 뿐이지 깡패들의 '고리대금업자(loan shark)'와 같습니다.

부시의 석유산업복합체,
이라크 전쟁을 일으키다

김 클린턴(1993~2001)과 조지 W. 부시(2001~2009)의 재
   임기간은 5년 단임제인 한국의 김영삼(1993~1998)과
   김대중(1998~2003)과 노무현(2003~2008)의 재임기간
   과 거의 중복되는군요.

홍 그럼 제가 한국의 세 대통령의 치적을 묶어서 이야
   기하기 전에 부시에 관해 말씀해주시지요.

김 부시는 2003년 1월 존재하지도 않는 대량살상 무기
   를 이유로 내세워 이라크를 침공했고, 같은 해 5월 2
   일 항공모함 링컨 호 선상에서 "미국과 동맹국이 승
   리를 거두었다"고 선언했습니다. 그러나 그 선언은
   허망한 것이었지요.

홍 왜 그렇지요?

김 애초에 상대가 되지 않는 전쟁이었습니다. 두 나라
  의 군사력을 보더라도 전쟁이라기보다 응징 정도로
  봐야 합니다. 거기다가 응징 이후 즉각 미군을 철수
  시켰어야 했었는데 10년 가까이 주둔시키면서 이라
  크 내에서 경찰 역할을 하게 했지요.

홍 11세기에 예루살렘을 정복한 십자군이 자행했던 만
  행이 떠오르네요. 어느 역사가는 이렇게 썼습니다.
  "1099년 6월의 어느 날, 예루살렘 거리를 달리는 십
  자군의 말발굽 밑에서는 피가 튀었다. 무슬림에 대
  한 학살은 끔찍했다."

김 미국이 입은 도덕적인 상처에다가 경제적 피해도 컸
  습니다. 어느 경제학자는 이라크 전쟁을 '3조 달러
  전쟁(The Three Trillion Dollar War)'이라고 명명했지요.

홍 한 가지 질문이 있습니다. 군사력 차이가 그토록 크
  다면, 미국이 외교력으로 목적을 달성할 수 있었을
  텐데 왜 굳이 전쟁을 일으켰을까요?

김 전쟁 회피가 당연히 외교의 의무여야 합니다. 그런
  데 이 전쟁은 군산복합체와 또 하나의 강력한 복합
  체인 '석유산업복합체(petroleum industrial complex)'의
  합작품으로 그들의 힘에 '민주주의 과정'이 압도당한
  경우로 봐야 할 겁니다.

홍 석유는 2018년 들어 미국의 안보와 직접 연결되지 않지 않습니까? 미국의 세일 가스(shale gas) 기술 발달로 미국이 석유 수출국이 되었으니까요. 참 놀랍습니다. 과거에 석유를 제일 많이 수입하던 나라가 이제는 석유 수출국이 되었으니까요.

김 기술혁명이란 그렇게 가공할 위력을 갖고 있지요. 지정학적으로 국제정치 역학을 순식간에 바꿔버렸지요. 이제는 중동은 군사적인 관점으로 보면 미국에게 그렇게 중요한 지역이 아닙니다.

홍 이제 중동 국가들에 대한 파괴도 중단되었으면 좋겠습니다. 너무나 오랫동안 피해를 입었지요.

김 전화(戰火)가 쉽게 종식되긴 어려울 겁니다. 종교 문제도 있고, 중동의 석유에 의존하는 국가가 많으니까요.

홍 석유산업복합체의 중요성이 감소하면 그와 비슷한 또 다른 복합체가 등장하게 될까요?

김 석유처럼 영향력이 크지는 않겠지만, 이른바 '희토류(rare-earth metal)'라고 불리는 16종류의 금속이 바로 그것입니다.

홍 왜 그것이 중요하지요?

김 앞으로의 국가 간 경쟁은 반도체 디자인(chip design),

로보틱스(robotics), 인공지능(artificial intelligence) 분야
에 의해 결정됩니다. 이 세 분야에 절대적으로 필요
한 것이 희토류이기 때문입니다.

홍 중국과 북한이 경제성 있는 희토류 매장량의 대부분
을 차지하고 있다는 게 사실인가요?

김 현재까지 알려진 바로는 중국이 경제성 있는 매장량
으로 세계 1위를 확보하고 있는 데다가 생산량 90%
를 차지하고 있고, 북한이 매장량 세계 2위를 차지하
고 있다는 겁니다. 질에 있어서는 북한이 월등하고
요.

홍 미국은 어떻습니까?

김 미국의 매장량은 미미합니다. 정제도 해봤지만 질
이 떨어져 실패한 경험도 있고요. 그래서 일각에서
는 현재 진행 중인 무역전쟁에서 중국 최후의 무기
는 희토류 수출 금지라는 겁니다. 그것은 전쟁행위
에 버금가기 때문에 중국이 쉽게 결정할 수는 없겠
지만요.

홍 그러고 보니 생각나는 게 있습니다⋯⋯. 북한의 핵
심 중의 하나인 정보 책임자가 백악관에서 트럼프를
만나고 난 후에, 그가 차 타는 데까지 트럼프가 와서
직접 배웅을 했으니까요. 그리고 또 생각나는 게 있

습니다. 트럼프가 광물회사와 농산물회사의 중역을 기업인으로서는 처음으로 북한에 보냈으니까요.

김 예리하게 관찰하셨군요. 트럼프의 예외적인 배웅도, 광물 기업인 파견도 다 북한의 희토류 때문이라고 봐야 합니다. 그만큼 희토류는 미국에게 중요한 겁니다. 그래서일까요? 트럼프는 "김정은과 자기는 서로 사랑에 빠졌다(We fell in love)"라고까지 말했습니다.

홍 농산물회사 중역은 왜 파견했습니까?

김 광물회사 중역만 파견하면 너무 속을 보이기도 하고, 또 북한의 농산물 생산에 큰 도움을 줄 수도 있다는 자신감도 보여주고요.

홍 미국의 꿍꿍이셈이 보이는 듯합니다. 그런데 궁극적으로 북한에 대해 미국은 어떤 해결책을 구상하고 있는지 궁금하네요.

김 한 개의 돌로 세 마리의 새를 잡자는 거지요. 중국을 견제할 뿐만 아니라 북한의 핵문제도 해결하고, 또한 희토류 문제도 해결하고요. 한국의 입장으로는 미국이 희토류 문제를 해결하는 데 앞장서 도와줄 필요가 있습니다.

홍 왜지요?

김 중국이 선언한 '중국 제조 2025(Made in China 2025)'

목표의 첫 타깃은 한국입니다. 중국의 목표가 이루어지면, 한국은 첨단 기술력을 다 빼앗기고 중국의 변방국가로 전락하게 됩니다.

홍 한국이 미국의 희토류 문제를 어떻게 도울 수 있습니까?

김 김정일 집권 시대에 어느 친북 성향의 미국 학자가 쓴 논문이 떠오르네요. 핵심 내용을 정리하면, 북한을 태국과 비슷한 군주국가로 만든다는 것입니다. 태국의 왕가는 정치적 영향력도 있고, 국가 부의 많은 부분을 소유하고 있지요.

홍 놀라운 제안입니다. 트럼프가 바로 그런 걸 궁리하고 있을지 모르겠군요. 미국이 사우디의 '파이살' 왕가를 다루었듯이 북한의 '김씨 왕가'를 다루기로 했을지도 모르지요. 석유자원을 확보했듯이 이제는 희토류 자원을 확보하고……. 트럼프가 "김정은과 사랑에 빠졌다"라고 사탕발림 소리를 하면서까지 자신을 비하하면서……. 참 대단한 지도자입니다.

김 그 논문에 한 가지 흥미로운 대목도 있었어요. 북한의 김정일 정치 체제가 태국의 군주제와 비슷하게 되면, 제대로 경제학을 공부한 똑똑한 딸이 있으니 그녀가 아버지를 잘 보좌하고 좋은 후계자가 되리라

는 내용입니다. 그 딸이 지금 오빠인 김정은을 돕고
있지요.

홍 꼭 픽션으로 들립니다……. 하기야 "어떤 사실보다
픽션이 더 현실에 가깝다"라는 말이 있지요.

김영삼, 김대중, 노무현 시대의 치적

김 클린턴과 아들 부시의 재임기간은 1993년부터 2009
년까지 16년간입니다. 말씀드렸듯이 두 지도자 모두
내세울 만한 업적을 남기지 못했습니다. 한국의 경
우는 어땠습니까?

홍 김영삼(1993~1998)은 1961년 이후 최초의 민간인 출
신 대통령으로서 몇 가지 치적을 남겼습니다. 첫 번
째는 군의 사조직을 와해시켜 군의 정치개입을 철저
히 차단시키는 결과를 가져왔다는 겁니다. 두 번째
는 금융실명제와 공직자 재산 등록제도를 법제화하
여 사회에 만연된 부패를 척결하는 데 시금석을 놓
았지요. 하지만 IMF 사태라는 치명적인 오점을 남
겼습니다. 그가 준비된 지도자가 아니었다는 증거랄

수 있지요.

김 그래서 준비된 대통령인 김대중 시대(1998~2003)가 열렸군요. 한국의 IMF 사태를 극복했다는 업적 외에 또 다른 치적이 있나요?

홍 그 외에 남북관계의 개선도 있고, 경제면에서는 IT 산업의 발전과 금융·통신 산업의 현대화도 주목할 만하지요. 특히 세계 최고속 인터넷망은 그때 기반이 놓였습니다. 삼성전자가 세계 스마트폰 시장 점유율 1위를 차지하게 된 것도 우연이 아닙니다.

김 그 다음은 노무현 집권 시기(2003~2008)입니다. 그의 치적은 역시 한미 간의 자유무역협정(FTA)이 앞자리를 차지하겠지요.

홍 물론입니다. 노무현의 치적에서 미국과의 자유무역협정 체결을 빼놓을 수 없지요. 농민들과 영화인들을 내세운 격렬한 반대 때문에 군사정권하에서라도 밀어붙이기 어려웠을 겁니다.

김 FTA가 미국 의회에서 통과된 결정적 이유는 한국과의 우호가 미국안보에 중요하다는 점이었습니다. 그 다음으로 어떤 치적을 들 수 있나요?

홍 그 다음으로는 평택의 미군 군사기지의 구축을 들 수 있어요. 10년의 세월이 흐른 후 현시점에서 보면

그것이 한국 안보, 더 나아가 동북아의 안정에 핵심
이 되었지요…… 그리고 행정수도 개념을 도입한
것과 한국 재벌과 집권자 간의 정경유착을 단절시킨
것도 그의 업적입니다. 한마디로, 정치판의 부패를
근절시키는 첫 단추를 끼운 것이었습니다.

김 저는 미국의 지도자들을 비판하고 있는데 홍 선생께
서는 동시대 한국의 지도자를 지나치게 칭찬하고 있
는 거 아닌가요?

홍 숫자가 뚜렷하게 나와 있지 않습니까? 1980년 이후
만 따지더라도 미국은 국가의 부채만 천문학적으로
키워 인류 역사상 유래 없는 부채국가가 되었고, 반
면에 한국은…….

김 인권유린과 극심한 정치적 갈등이 있었잖습니까?

홍 그건 사실입니다. 1980년 5.18 광주 민주화항쟁은
치욕스러운 역사의 한 페이지입니다. 하지만 유엔에
서 최근에 발표한 통계자료에 의하면, 1980년에 세
계 28위였던 한국의 GDP가 2017년에는 세계 11위
로 올라, 상승률로만 보면 압도적으로 세계 1위였다
는 거예요.

김 그건 정확히 무얼 의미하지요?

홍 1980년부터 2017년까지 38년 동안 한국의 지도자들

이 세계의 어떤 다른 나라 지도자들보다 훌륭했다는
것을 의미합니다. 그런데 이 기간 동안의 지도자들 중
네 사람이 퇴임 후 투옥된 적이 있고, 한 사람은 자살
했고, 현재 두 사람은 영어의 몸이 되어 있습니다.

김 1961년부터 18년 동안 한국을 이끈 박정희의 치적은
1980년 이후의 지도자들에 비해도 탁월했지 않습니
까?

홍 세계의 최빈국에서 세계 28위 GDP 국가로 끌어올린
지도자는 박정희였지요. 인류 역사상 전무후무할 겁
니다. 그런데도 2017년에는 박정희 탄생 100주년 기
념우표 한 장도 발행하지 못하게 되었습니다.

김 한국인들은 왜 그토록 자신들의 지도자에게 야박한
가요?

홍 그 근본 이유는 잘 모르겠지만…… 분명히 한국인이
반성해야 할 부분이라고 생각합니다.

금권주의자의 꼭두각시 오바마, 이명박과 박근혜의 치적

홍 이제 오바마 시기에 왔군요. 오바마(2009~2017) 집권 시기는 이명박(2008~2013)과 박근혜(2013~2017) 시기와 대부분 겹칩니다.

김 오바마는 상원의원 활동 2년 만에 대통령 선거전에 뛰어들었고, 2년 후에는 48세의 나이에 첫 흑인 대통령으로 당선되었습니다. 상원의원 활동 2년이 그가 경험한 직장생활의 전부일 정도로 제대로 된 직장생활을 한 적이 없습니다.

홍 참으로 놀랍군요. 그런 일천한 경험을 가진 48세의 흑인이 자유세계의 지도자 역할을 하는 미국 대통령에 당선되었다는 사실이…….

김 그러나 두 가지가 그를 붙잡아매는 멍에가 되었습니다. 임기 초에 노벨평화상을 수상한 것, 그의 막대한 선거비(미국 역사상 처음으로 10억 달러를 상회했지요)를 대준 주류 그룹이 금권주의자들이라는 것.

홍 그 두 가지가 어떻게 멍에로 작용하게 되었나요?

김 노벨평화상은 그를 군 통수권자로서는 구제불능으로 만들었습니다. 예컨대 중국이 인공섬인 스프래틀리 군도(Spratly Islands)에 애초의 약속을 어기고 군사시설을 설치했지만 오바마는 속수무책으로 일관했어요.

홍 막대한 선거비는 어떤 멍에가 되었나요?

김 금권주의자들이 2008년 금융위기를 일으키고, 그 과정에서 미국의 중산층을 파괴하고, 또 국가에 천문학적인 부채를 떠안겼지요. 그런데도 그들 금권주의자들은 단 한 사람도 감옥에 가지 않았습니다. 프랑스인인 전 IMF 수장의 주장에 의하면, 그 당시 금권주의자들은 감옥에 가지 않으려고 자기네들 부정수입의 대부분을 내놓을 각오가 되어 있었다는군요.

홍 한마디로 오바마가 금권주의자들의 꼭두각시였다는 거군요. 그러니 중국의 지도자들이 미국의 지도층을 얼마나 경멸했겠습니까?

김 그들이 미국의 지도층을 경멸하게 된 또 한 가지 중요한 이유도 오바마 집권 시 일어났습니다. 2015년

대법원에서 합법화된 이른바 '슈퍼팩'이지요. 어느 기업도 특정 후보를 위해 무한정의 광고를 낼 수 있게 되었으니까요. 금권주의자들이 정치인을 컨트롤할 수 있다는 말이지요.

홍 민주주의를 금권주의가 몰아낸 경우군요.

김 그렇습니다. 그래서 중국이 그때부터 안하무인격이 되었어요. 그 결과 상식적으로도 이해할 수 없는 '중국 제조 2025'라는 선언서를 2015년에 발표합니다. 당연히 국가의 최상위 기밀문서로 취급해야 할 이 문서를 중국이 공개적으로 천명하고 말았지요. 이는 세계의 선진국들이 단결하여 중국을 경계할 근거를 마련해준 셈입니다.

홍 결과적으로 오바마의 우유부단함이 중국의 실책을 끌어내어 중국이 자승자박하는 꼴을 만들었군요. 참 정치 외교란 예측불허 게임입니다…… 자, 그럼 오바마를 떠나 동시대 한국의 지도자들에 대해 이야기할 차례군요.

김 그러지요. 그런데 두 사람이 현재 다 감옥에 있군요. 전직 대통령 두 사람이 감옥에 있는 예는 이번 한국 경우를 빼고는 인류역사상 전무할 겁니다. 그런 의미에서라도 두 지도자의 치적을 제대로 지적해주시지요.

홍 이명박(2008~2013)의 첫 번째 과제는 2008년 미국발
금융위기가 한국으로 확산되는 것을 차단하는 것이
었습니다. 결과적으로 차단에 성공했고, 또한 차단
목적으로 사회간접자본에 쏟아 부운 자금으로 인해
특히 지방의 환경 개선에 괄목할 만한 성과를 냈습
니다.

김 G20 회의도 서울에 유치하지 않았습니까?

홍 2010년 제5차 회의를 유치했습니다. G8(G6+캐나다 +
러시아) 국가가 아닌 나라로서는 처음으로 주최국이
되었습니다. 그만큼 국제 무대에서의 위상이 높아
졌지요. 그 외에도 세계의 선망이 된 서울시와 외각
의 대중교통 시스템은 이명박이 서울시장직 재임 시
(2002~2006)와 대통령 재임 시에 이루어진 것이지요.

김 4대강 사업에 대해서도 말이 많더군요.

홍 누가 뭐라 하든…… 4대강 사업은 한국을 홍수와 가
뭄이 없는 나라로 만들었다고 국민 모두가 고마워하
게 될 날이 올 수도 있습니다.

김 그를 과대평가한다고 홍 선생을 비난할 사람도 많을
겁니다……. 그쯤 해두고 이젠 탄핵으로 임기를 다
마치지 못한 박근혜(2013~2017)의 치적에 대해 말씀

해주시지요.

홍 친북 성향의 정당을 해체시키고 그 당의 지도자를
국가 전복음모죄로 단죄했는데, 이는 북한의 일당독
재주의 사상의 확산을 막았다는 의미에서 치적으로
들 수 있습니다. 또한 부패방지법(김영란법)을 제정해
'부패공화국'이라고 자조되는 한국사회를 정화하는
근간을 이룬 것도 업적에서 빼놓을 수 없습니다. 그
외에 연금법을 손질하기도 했고요.

김 제가 알기로 한반도 내에 사드(THAAD)를 배치하는
결정을 박근혜가 하지 않았던가요? 현명한 판단이었
는지 아닌지는 잘 모르겠지만요.

홍 그 결정 후 중국이 취한 태도로 보아 치적으로 봐도
무방할 겁니다. 중국이 그렇게 위협을 느낄 정도로
위력이 있으면 그것은 우리에게 필요한 것이라는 증
거겠지요. 그것보다 더 귀중한 소득은 다름 아닌 중
국이 한국을 어떻게 생각하는지 중국의 속마음을 읽
게 되었다는 데 있습니다. "한국을 자기들에게 조공
을 바쳐야 하는 일개 변방국가로 여긴다" 이겁니다.
한국인이 항상 기억해야 할 구절입니다.

제2부

세계로 뻗는 한국, 트럼프 시대의 미국은 어디로 가는가? :2017~2018

트럼프, 미국 우선주의를 외치다

김 오바마를 지나 이젠 2017년 1월 취임한 트럼프 시대로 왔군요. 할 이야기가 참 많을 것 같습니다. 재임기간이 채 2년이 안 됐는데, 너무나 많은 사건이 있었습니다.

홍 먼저 단도직입적으로 물어보지요. 트럼프는 인종차별주의자입니까?

김 트럼프는 2016년 대통령 선거전과 2018년 중간선거전에서 "미국을 위대하게(Make America Great Again)"와 "미국 우선주의(America First)"라는 구호를 내세웠지요. 그로 인해 그의 주요 정치적 지지기반이 백인 중산층이라는 사실과 함께, 트럼프가 인종차별주의자(racist)라는 암묵적인 공격을 반대파로부터 끊임없이 받아온 것은 사실입니다. 그러나 본인은 절대 아니라고 강력히 부인하고 있습니다.

홍 트럼프는 반유대인적인가요?

김 유대인 재력가들이 거의 장악하고 있는 전통 매스 미디어를 '가짜 뉴스'라고 공격을 하고, 유대인이 장 학한 금융계를 향해 미국 중산층을 파괴한 그룹으로 몰아세움으로써 반유대적(anti-Semitic)이라는 의심을 받고 있는 건 사실입니다. 그러나 유대인 사위를 얻었고, 딸은 유대교로 개종했어요.

홍 어떤 몰아세움이었지요?

김 트럼프의 취임사에, 분명히 트럼프 자신이 쓴 것으로 여겨지는 한 구절이 있습니다. "The wealth of our middle class has been ripped from their homes and then redistributed across the entire world.(우리 중산층의 부를 그들의 가정에서 빼앗아 전 세계에 재분배 했다.)"

홍 취임사에서 언급된 '재분배'를 한 그룹이 유대인이 주류를 이루고 있는 금융인 그룹으로 생각하시는 군요.

김 그렇습니다.

홍 왜 그렇게 생각하시나요?

김 유대인 그룹이 통제하는 대부분의 웹사이트에 올려
   진 트럼프의 취임사에서 그 구절이 삭제되었습니다.
   그만큼 유대인 그룹은 그 구절을 자신들을 향한 트
   럼프의 직격탄으로 받아들였다는 거지요.

홍 인터넷 시대 유대인 그룹의 힘이 느껴지는 대목입니
   다. SNS의 장악이 과거의 막강한 언론 장악보다 더
   큰 힘을 발휘할지도 모르겠군요.

김 우리가 앞으로 풀어야 할 과제입니다……. 여하튼
   트럼프는 기회 있을 때마다 반유대적이라는 공격에
   대해 적극적으로 부정해왔으나 그런 공격을 쉽게 떨
   쳐버릴 수는 없었습니다. 다만 한 가지 트럼프는 마
   틴 루터가 종교개혁을 한 독일에서 이민을 온 조상
   을 둔 독실한 개신교 교회(evangelical church)의 신자
   라는 것은 확실합니다.

홍 그건 무얼 의미하지요?

김 미국의 개신교가 미국의 정신을 지배하는 종교이어
   야 한다는 믿음은 버릴 수 없을 겁니다. 그래서 트럼
   프의 각료회의는 기도부터 시작합니다. 그런 의미에
   서 '국가와 종교의 분리(separation of state and religion)'
   를 주창하는 유대인 지식인 그룹과의 대치는 불가피
   하다고 할 수 있어요.

홍 왜 유대인이 그런 주창을 하나요?

김 유대인의 참혹한 핍박의 역사는 국가와 기독교라는
한 묶음 안에서 이루어졌다고 해도 과언이 아니기
때문입니다.

트럼프와 '가짜 뉴스'와의 전쟁, 그리고 중국의 오판

홍   트럼프의 가장 두드러진 또 다른 점은 주류 언론의 대부분과 극한 대치상황에 있는 건데요. 트럼프는 2017년 2월 17일 새벽 1시에 띄운 트위터(Twitter)에서 《뉴욕타임스》와 NBC, ABC, CBS, CNN 방송을 '미국의 적'"이라고 공격했지요. 모두가 미국을 대표하는 언론기관입니다……. 트럼프가 궁극적으로 살아남을 수 있을까요?

김   트럼프 대 트럼프가 지칭한 '가짜 뉴스(fake news)'와의 충돌에서 누가 이기게 될지는 이 시점에서 누구라도 자신 있게 예측할 수 없을 것 같습니다.

홍   이긴다는 것은 무얼 뜻하나요?

김   미디어 측으로는 트럼프의 탄핵을 의미하고, 트럼프

측으로는 자신의 승승장구를 통해 미디어에 대한 신뢰를 추락시키는 거지요.

홍 어느 편이 이기는 게 미국이나 세계에 도움될까요?

김 어느 누구도 단언할 수 없을 겁니다. 한 가지 확실한 것은 누가 이기든 미국은 물론이고 세계의 판도는 현격한 변화를 거칠 게 분명합니다.

홍 한국의 입장에서 보면 어떻겠습니까?

김 한국의 입장에서 보면 트럼프가 반드시 이겨야 합니다.

홍 왜지요?

김 트럼프가 지게 되면, 트럼프처럼 중국의 과도한 위세를 꺾을 수 있는 배포를 가진 대통령이 바통을 이어받는 것이 불가능합니다. 그렇다면, 반도체를 비롯한 첨단기술에 의존해 선진국 진입에 성공한 한국은 그 기술을 중국에 고스란히 갖다 바치고 선진국 지위에서 탈락될 것이 뻔하지요. 어쩌면 역사를 되돌려 조공을 바치는 변방국가로까지 전락할 가능성마저 있습니다.

홍 사실상 중국은 머지않은 장래에 미국마저도, 최첨단 기술산업과 군사산업에 연관된 업종을 제외한다면, 대두(大豆) 등 중국의 대량소비 분야의 농산물 공급

처 정도로 추락시키겠다는 오만함의 극치를 2015년
에 보여주지 않았습니까?

김 예, 그렇습니다. 그것이 2015년 중국이 대내외에 발
표한 일종의 미래 청사진 내지 선언문(the manifesto)
인 '중국 제조 2025'입니다. 이 선언문 때문에 2018
년 후반부터 트럼프에 의해 중국이 여러 면에서 혼
이 났지요. 그것은 중국의 어리석음, 오만함, 성급함
이 빚어낸 자업자득의 완벽한 예입니다.

홍 동시에 트럼프는 중국을 향한 자신의 과감한 행동으
로 서방 선진국은 물론 동아시아 국가의 지지를 얻
음으로써 일약 세계적인 지도자의 반열에 올라선 것
도 사실 아닙니까?

김 좋은 지적을 하셨습니다. 서방 선진국들이 혼자의
힘으로 중국을 대적하기란 역부족이었는데, 트럼프
가 나서자 똘똘 뭉치게 되었습니다. 결국 중국의 어
리석음이 트럼프를 제2차 세계대전 당시의 아이젠
하워 연합군 지휘관 위상으로 단숨에 치켜올려 놓았
습니다. '비시장 경제' 대 '시장 경제'의 전쟁터에서
요…….

홍 중국이 어떻게 그토록 어리석을 수 있지요?

김 돌이켜보면 중국은 언제나 대국의 면모를 보여온 적

이 많고, 중국의 고대사를 관통해보거나 덩샤오핑
이후의 현대사로 보더라도 '중국 제조 2025'가 드러낸
어리석음을 보여준 지도층은 없었습니다.

홍 어리석음이라니요? 7세기에 이미 기독교와 이슬람
교를 기꺼이 받아들인 당 태종의 지혜로움은 중국의
자랑입니다. 현대사에서도, 무자비한 천안문 사태
진압에도 불구하고 개방과정에서 보인 덩샤오핑의
유연한 '흑묘백묘(黑猫白猫)'의 지도력은 세계적으로
인정받았습니다. 그럼 무엇이 현재의 중국의 지도층
을 이토록 어리석게 만들었습니까?

김 저도 도저히 이해가 되지 않습니다. 설득력이 약하
긴 해도 한 가지 해답이 떠오르긴 합니다. 중국 지도
층의 자문 역할을 하는 경제 분야 학자들이 자신도
모르게 아직도 서양 지식인, 특히 중국을 1990년대
초부터 거의 25년 동안 자문해온 특별한 한 지식인
에게 주눅이 들어, 그의 의견만 참조했던 것 같습니
다.

홍 그는 누구지요?

김 그는 다름 아닌 2001년 노벨 경제학 수상자입니다.
그는 트럼프가 2016년 대선 당시 총 득표수에서 클
린턴에 뒤졌다는 이유로 트럼프를 미국인 지지면에

서 '소수(minority)'에 속한다고 비하하곤 했고, 또한 트럼프의 탄핵 가능성을 끊임없이 제기한 바 있어요.

● ● ●

홍 트럼프와 일부 '주류 미디어'와의 충돌이 빠른 시일 내 쉽게 끝날 가능성은 희박하다고 봐야겠지요?

김 주류 미디어 입장에서는 자신들을 가리켜 '가짜 뉴스'라고 기회 있을 때마다 공개적으로 공격하는 현직 대통령을 그대로 받아들인다면 '가짜 뉴스'임을 인정하는 꼴이 되어 결국 영향력 있는 언론기관으로서 존립할 수 없습니다. 그러니 쉽게 백기를 들 수 없지요.

홍 그건 트럼프도 마찬가지 아닙니까? 트위터를 주무기로 삼아, 일부 친트럼프 성향의 미디어로부터 도움을 받긴 하지만, 그와 적대적인 막강한 미디어의 공격에 정면으로 반격하는 것만이 대통령직을 수행할 수 있는 지지여론을 확보할 수 있지 않을까요?

김 맞는 말입니다. 그러니까 최종결론은 2020년 대통령

선거 때까지 연기되겠지요. 트럼프가 재선되면 그때
는 트럼프도 튼튼한 지지기반을 배경으로 투쟁적인
매스미디어에 관대해질 것이고, 매스미디어는 여론
의 향방에 순응하는 쪽으로 기사의 '톤'이 바뀔 테
고요.

홍 2020년까지 4년 동안 세계의 최강국 대통령이 트위
터를 이용해 자국의 매스미디어와 투쟁한다는 것은
어불성설인 점이 있지요. 하지만 이 또한 최첨단 인
터넷 시대가 낳은 것으로, 나쁜 점보다 좋은 점이 많
은 부산물로 받아들일 수도 있지 않을까요?

김 어떤 면이 좋은 점인가요?

홍 SNS의 사용이 확대·확산됨으로써, 과거 한때 대두
되었던 언론기관의 '여론 조작(manufacture of opinion)'
의 위험성이 줄었다는 것이 바로 좋은 점입니다.

김 그렇게 볼 수도 있겠습니다. 여하튼, 두 진영의 대치
는 결과적으로 두 진영 모두에게 '숨겨진 축복'이 될
수 있습니다. 매스미디어는 여론을 주도하기보다 여
론 반영에 충실하게 될 것이고, 대통령은 만만찮은
적이 주시하고 있으므로 독선이나 권력남용을 경계
하며 특별히 조심하지 않겠어요?

홍 인간의 본성을 '권력의지(the will to power)'로 정의한

서양 철학자가 있지요. 이 학설이 진실이라면 인간은 권력을 지향하는 노력을 중단하지 않을 것입니다. 무한정의 '부'를 추구하는 현대인의 정신상태는 '부'가 '권력'과 연결되는 제도의 모순 때문입니다.

홍 둘 사이의 연결 고리가 끊어지지 않는다면 어떻게 될까요?

김 이른바 '0.1%'의 부는 계속 늘어날 것이고, 동시에 빈부 차는 더 벌어져 결국에 가서는 "월스트리트를 점령하라(Occupy Wall Street)"와 같은 대중운동이 일어나 사회는 극심한 혼란에 빠질 것입니다. 2008년경 미국 금융위기 때는 그래도 주류 언론이 나서 이러한 대중운동을 잠재울 수 있었습니다. 하지만 지난번 대통령 선거 관련 여론조사 예측도 맞지 않았고 '가짜 뉴스'로 낙인까지 찍힌 지금부터는 금융위기 때 보인 위력은 발휘하지 못하게 되어 있습니다. 2018년 말 프랑스 파리에서 시작된 '노란 조끼(Yellow Vest)' 시위는 그런 이유 때문에 쉽게 사그라들지 않을 겁니다. 주류 언론을 의심하니까요.

홍 어떤 해결방법이 있을까요?

김 사실 간단한 해결방법이 있습니다. 산업자금·금융자본과 언론자본을 철저히 분리하는 것이지요. 한국

같은 나라는 오래전부터 이미 시행해오고 있지 않습니까? 이렇게 함으로써 언론은 진정하게 편집의 독립성을 유지할 수 있고, 독립성이 유지되어야만 언론이 강자에 대항하고 다수의 약자 편에 서게 되며, 그래야지만 사회의 안정성을 획득할 수 있기 때문입니다.

홍 산업자금의 수혈 없이 언론이 경제적으로 독자 생존할 수 있을까요?

김 운영상의 재정적 문제는 공정한 편집 독립성을 유지한다면, 산업인이나 금융인이 제공하는 순수한 헌금으로 해결할 수 있을 겁니다.

트럼프와 주류 언론과의 싸움, 그 승자는?

김 트럼프가 대통령 업무를 시작한 지 얼마 지나지 않은 시점이었지요. '헝가리' 유대계 출신으로 '헤지펀드(hedge fund)'의 대부 격이며 '오픈 소사이어티(Open Society)'라는 이데올로기 연구단체를 주관하고 있는 인물이 CNN TV 프로그램에 출연하여 현직 대통령인 트럼프를 가리켜 "그는 가짜이며 사기꾼이다(He is a fraud and a con man)"라고 했습니다.

홍 참으로 놀랍군요. 미국에서만 일어날 수 있는 일입니다. 그런데 무슨 목적으로 그런 말을 공개적으로 했을까요?

김 온갖 수단을 다 동원하여 탄핵으로 트럼프를 대통령직에서 끌어내리겠다는 의지의 숨김 없는 표현인 동시에 확고한 자신감을 대내외에 천명한 것입니다.

홍 헝가리에서 이민 온 일개 사업가가 어떻게 그런 자신
감을 가질 수 있지요? 참으로 이해가 되지 않는군요.

김 그의 자신감은 오랫동안 자신의 재력으로 키워놓은
주류 언론계의 힘도 있고, 또한 이른바 '딥 스테이트
(the deep state)'라는 관료사회, 특히 FBI 등 법 집행부
서 내부에 심어놓은 자신의 추종 세력이 있기 때문
이었을 겁니다.

홍 그의 메시지를 트럼프가 못 알아들을 리가 없지 않
습니까? 그리고 그 자신감은 그의 영향력이 미치는
주류 미디어에 근거하고 있다는 사실도 알아챘을 거
고요.

김 당연히 알아챘지요. 그래서 트럼프는 온갖 위험성을
무릅쓰고 주류 언론을 오히려 '가짜 뉴스'라고 공격
하기 시작했지요.

홍 한 가지 궁금한 게 있습니다. 유대인들이 주류 언론
계를 거의 장악하고 있는 주된 원인은 뭐라고 보십
니까?

김 여러 가지가 있을 수 있지만 두 가지는 설득력이 있
다고 봅니다. 세계에 퍼져 있는 유대인의 총인구가 2
천만 명 정도밖에 되지 않으므로, 자신들의 목소리

를 크게 내기 위한 방도로 언론을 선호한다는 것이
그 한 가지 이유입니다. 그리고 유대인의 경전인『성
경』의 구약을 읽어본 사람은 다 느꼈겠지만, 구약의
「전도서」「시편」「잠언」 안에서 유대인의 뛰어난 언어
구사능력과 타고난 문학성이 보인다는 점을 또 하나
의 이유로 들고 있습니다.

홍 엉뚱한 질문을 해서 미안합니다. 본론으로 돌아가지
요⋯⋯. 여하튼 트럼프는 그때부터 원활한 업무 수
행을 위해 주류 미디어의 지지가 필요한 현직 대통
령이 그들을 '가짜 뉴스'로 몰아붙임으로써 돌이킬
수 없는 적으로 만들어버렸지요. 그런데 승산이 있
다고 본 건가요?

김 트럼프가 그렇게 한 이유가 있지요. 자신에게 호감
을 가진 몇 개의 주류 미디어가 있기 때문이기도 하
지만, 그것보다는 그가 선거전에 즐겨 사용했던 트
위터의 효능에 대한 믿음이 있었기 때문일 겁니다.
그래서 그때부터 선거전에서 했던 것과 똑같은 방법
으로, 현직 대통령이 새벽 시간에 국내용 · 국외용을
불문하고 트위터를 날렸지요. 주류 미디어는 이 트
위터를 받아 아침뉴스에 기사화하는 것으로, SNS
시대에만 가능한 웃지 못할 일이 일어난 거지요. 그

후에는 서구 선진국의 지도층에서도 SNS를 애용하
게 되었지요.

홍 그런데 사실상 "그는 가짜이며 사기꾼이다"라는 현
직 대통령 개인을 향한 헤지펀드 거물의 공격은 이
렇게 볼 수도 있지 않을까요? 자신의 서클에 대한
대통령의 취임사를 이용한 첫 공격에 대한 방어 내
지 공격에 대한 공격이라고요.

김 그 이유는요?

홍 김 교수께서 트럼프의 대통령 취임사 내용 중 한 구
절을 인용했지요. 그것이 오히려 트럼프의 첫 공격
내지 선전포고가 아니었을까요? 다시 한 번 인용해
주시지요.

김 "The wealth of our middle class has been ripped
from their homes and then redistributed across the
entire world." 트럼프가 직접 작성한 것이 분명한 이
구절을 번역하면 "우리 중산층의 부를 그들의 가정
에서 빼앗아 전 세계에 재분배했다"는 것입니다.

홍 미국 중산층의 부를 '언제?' '어떻게?' 재분배했는지
이 두 질문에 대한 답이 필요한 듯합니다.

김 우선 생각나는 대로 말해보지요. 먼저, '언제?'라는
질문에 대한 답은 세 번에 걸쳐 일어났다고 할 수 있

어요. 첫 번째는 1997년경 아시아 금융위기가 일어났을 때였고요. 두 번째는 2001년 중국이 WTO에 가입했을 때입니다. 세 번째는 2008년 '서브프라임 모기지론(subprime mortgage)'에 기인한 미국의 금융위기가 일어났을 때였지요.

홍 '어떻게?'라는 질문에 대한 답은 쉽지 않겠군요.

김 아닙니다. 오히려 답이 간단명료합니다. 세 번의 위기는 세 번 모두가 결국에 가서는 미국 중산층의 희생을 가져왔지요. 참고로 말씀드리면, 반면에 세 번 모두 미국 금융인에게는 이익을 가져왔습니다.

홍 어떻게 세 번 모두 미국의 중산층이 희생되었지요?

김 첫 번째인 아시아 경제위기의 경우를 보면, 위기를 맞은 국가의 환율을 급상승시킴으로써 미국으로의 수출 경쟁력을 상승시켰지요. 그만큼 미국 중산층의 고용은 줄어들었습니다. 두 번째인 중국의 WTO 가입을 보면, 낮은 임금과 높은 교육열을 특징으로 하는 중국을 세계 제조업의 공장으로 만들었습니다. 즉 미국의 공장을 폐쇄시키는 결과를 가져왔지요. 세 번째인 미국의 금융위기를 보면, 미국 중산층의 가장 중요한 기반인 그들의 주택이 금융기관에 의해 차압당하는 결과를 가져왔습니다. 한 사회의 안전판

이라고 할 수 있는 중산층의 몰락을 초래한 것이지
요.

홍 알겠습니다. 그럼 '트럼프 대 주류 언론'의 충돌 과정
을 대개 이렇게 정리해보면 어떻겠습니까?

"트럼프는 취임사를 통해 미국 중산층의 공적(公敵)
을 지목하는 공격을 시작했고, 지목을 당한 측은 자
신들의 영향력하에 있는 매스미디어를 총동원해 방
어용 공격으로 맞선 격이 되었다. 이에 질세라, 트럼
프는 대통령의 체면은 차치하고, 오랜 전통과 명성
을 지닌 매스미디어를 '가짜 뉴스'라고 기회 있을 때
마다 꼬집는 형태로 공격을 감행하고 있는 중이다."

김 정리가 제대로 된 것 같습니다.

홍 누가 최종 승리자가 될까요?

김 양쪽 다 물러설 수 없는 상황이지요. 한쪽은 국민
이 선출한 대통령이고, 다른 쪽은 자타가 공인하는
민주주의의 주춧돌이기 때문입니다. 국민이 선출
한 대통령을 쫓아내려면 탄핵을 해야 하는데, '반역
(treason)'에 준하는 범법행위가 없는데도 의회가 탄
핵을 밀어붙이려 한다면 트럼프 지지자들의 유혈혁
명을 불러올 확률이 큽니다. 그렇다고 매스미디어가
무작정 고개를 숙일 수도 없는 상황입니다.

홍 어떻게든 결판은 나야 될 것 같습니다. 임기 동안 내내 이런 극한 대치상황이 계속되게 둘 순 없지 않습니까?

김 결국 국민의 지지도에 의해 결정될 것입니다. 국민의 지지도는 대통령직 수행능력, 특히 경제상황이 결정적인 영향을 끼친다고 봐야겠지요. "바보야, 문제는 경제야(It's the economy, stupid)"라는 말이 여기에도 적용될 것 같습니다.

미국 주류 언론의 실체를 들여다보다

홍 트럼프는 2016년 대통령 선거에서 총 득표수에 있어
서는 민주당 후보에 지지 않았습니까? 그걸 감안하
면 2020년 대선에서 재선이 가능할까요? 재선될 가
능성이 많다면 한국 지도층도 지금부터 당연히 대책
을 세워야 하기 때문입니다.

김 당연히 재선된다고 봐야지요. 트럼프는 백인 중산층
중 독일계 미국인의 강한 지지기반을 갖고 있습니
다. 그것이 트럼프의 강점입니다.

홍 독일계가 얼마나 강한 힘을 가지고 있습니까?

김 1890년까지 20여 년 동안 통일된 독일을 이끈 '비스
마르크(Bismarck)' 재상은 "미국이 국어로 영어를 택
하면서 인류의 역사는 뒤바뀌었다"라는 말을 남겼

습니다. 그 말은 미국이 독일어를 국어로 사용할 수
도 있었다는 뉘앙스를 내포하고 있지요. 그만큼 많
은 숫자의 독일인이 19세기 독일의 정정 불안을 피
해 미국으로 이민 왔던 것입니다.

홍 실제로 그 숫자는 어떻게 됩니까?

김 2015년 통계에 의하면 독일계의 미국 시민은 4천6백
만 명이며, 단일 혈통으로는 미국 국민 중 단연 1위
를 차지하고 있습니다. 그 다음으로 흑인 3천8백만
명, 멕시코계 3천4백만 명, 아일랜드계 3천3백만 명,
영국계 2천4백만 명 등입니다.

홍 같은 혈통이라는 것이 아직도 큰 영향을 미치나요?

김 "피가 물보다 진하다"는 말이 괜한 소리가 아닙니
다. 미국으로 이민 온 지 오랜 세월이 흘렀음에도 불
구하고 혈통의 영향력은 무시할 수 없나 봅니다. 할
리우드에서는 드물게 트럼프를 열렬히 지지하는 배
우이기도 하고, 영화 〈미드나잇 카우보이(Midnight
Cowboy)〉의 주연이자 아카데미상 수상자인 한 배우
는 모계가 독일계이지요. 그 배우는 TV 인터뷰에서
트럼프를 언급하면서 눈물을 흘렸습니다.

홍 인터뷰의 내용이 뭐였나요?

김 그 여든 살 되어가는 배우가 친구에게 "What you

think of our man in Washington?"이라고 물으니까, 그 친구가 왼쪽가슴에 손을 대고 "Oh My God!"이라고 말하며 눈물을 흘렸다는 거예요.

홍 독일계는 베토벤의 후손이니까 당연히 감성적이겠지요. 그들의 다른 특징으로 무엇을 들 수 있나요?

김 독일인은 제조업을 중요시한다는 겁니다. 거의 종교적이지요. 아마 그래서 트럼프는 빌딩을 짓는 것을 자랑으로 여길지도 모르겠습니다. 반면에 주식을 사고 팔아 거부가 된 것을 깔보는 경향이 있고요.

홍 그럼 독일계는 주로 어떤 직업에 종사하나요?

김 독일계 미국 시민들의 주된 거주지는 해안도시가 아닌 내륙지역으로, 주로 농업과 제조업에 종사하고 있습니다. 독일인들은 돈장사나 도소매업이 아닌 몸을 움직이는 노동이 진정하고 가치 있는, 그리고 성스럽기까지 한 노동이라는 믿음을 갖고 있지요. 그것은 아마 기독교의 가르침에 영향을 받았기 때문일지 모릅니다.

홍 독일계의 성향과 반대되는 집단이 있다는 거군요?

김 이러한 독일계 미국인의 성향과 완전히 다른 성향을 보이는 그룹이 있습니다. 독일계인 트럼프가 대통령 당선 이후 '가짜 뉴스'라고 기회 있을 때마다 공격하고 있는 그룹으로, 미국의 매스미디어의 대부분을 소유하고 있는 유대계 미국 시민 그룹이 바로 그들입니다.

홍 한 국가의 대통령이 민주주의의 주춧돌 역할을 해온 유수의 '주류 언론'을 향해 '가짜 뉴스'라고 공개적으로 공격을 퍼붓는 것은 한국에서는 상상하기도 힘든 현상입니다.

김 여하튼 이 유대계 미국 국민 그룹의 거주지는 독일계 미국인과는 달리 뉴욕 주, 캘리포니아 주, 플로리다 주 등 해안지역에 밀집해 있습니다. 미국 국민으로는 1위인 4천6백만 명의 독일계 미국 국민과는 달리 5백4십만 명에 지나지 않습니다. 그러나 전 세계에 산재해 있는 유대인의 수가 2천만 명이 되지 않으므로, 6백만 명 정도가 살고 있는 이스라엘 다음으로 미국에 가장 많이 살고 있는 셈입니다.

홍 그런 의미에서 미국은 유대인의 제2의 조국이라고 할 수 있겠네요. 제2의 조국인 미국에서 유대인은 금융계, 대중예술을 포함한 예술분야, 첨단산업 분야(구글·페이스북 등), 학계, 언론계, 법조계 진출이 뛰어나지 않습니까?

김 특히 법조계에서의 유대인 존재가 눈부신데, 미국

대법원(Supreme Court)의 대법관 9명 중 3명이 유대인입니다. 미국의 2% 이하의 인구로 대법관 자리의 33.3%를 차지한 셈입니다. 하기야 제2차 세계대전 전에는 유대인이 2% 이하의 인구로 독일 주요 판사직의 40%를 차지하고 있다고 히틀러가 불평을 했을 정도니까요. 민족의 우수성 때문이지요.

홍 언론계는 더 심하지 않습니까?

김 미국의 언론계도 유대인의 진출이 법조계에 못지않은 분야입니다. 특히나 인터넷 시대가 도래하면서 탄생한 '케이블 뉴스 방송망(cable news network)'이라는 새로운 사업 분야는 미래 전망이 좋으므로 유대계의 자본가로서는 놓칠 수 없는 먹잇감이었을 겁니다. CNN이 좋은 예입니다. 실제로 이스라엘 시민이 CNN의 최대 주주이고, CNN의 창업자는 경영에서 사실상 손을 떼고 있으며, 최대 주주의 신상을 밝히지 않기 위해 로비 회사를 고용하고 있다는 소문이 있습니다.

홍 재래식 종이신문은 어떻습니까?

김 재래식 종이신문은 첨단 방송통신 기술의 발달로 인해 사양산업으로 전락한 뒤 적자를 면치 못해 재력가에게 도움을 청하는 형편입니다. 《뉴욕타임스

(NYT)》지와 《워싱턴포스트(Washington Post)》지가 좋은 예입니다. 그도 아니면 신문사를 헐값으로 시장에 내놓든지, 아예 신문사 문을 닫든지 해야 하는 상황에 처했습니다.

홍 《뉴욕타임스》지와 《워싱턴포스트》지의 원래의 소유주는 최고의 지식인이며 이상주의자인 유대인으로서, 공산주의의 창시자인 유대인 '카를 마르크스'의 직계 후손 격이라고 할 수 있지 않습니까? 이들은 또한 미국의 최고 덕목으로 지적되고, 세계의 지도국 지위를 미국에 안겨준 '미국 예외주의(American Exceptionalism)'를 이끌어낸 장본인들이지 않습니까?

김 이제 거대한 산업자본이 오랜 전통 속에서 미국 사회의 근원적인 힘이 되어준 언론자본을 먹어 치움으로써 언론의 편집독립권이 침해되었고, '가짜 뉴스'라고 대통령한테서 공격을 당할 만큼 추락했어요.

홍 산업자본이 언론자본을 먹어치운 예로는 어떤 것이 있나요?

김 아마존(Amazon)의 창업자가 개인적으로 《워싱턴포스트》를 인수할 당시, 자기 재산의 1% 미만인 2억 5천만 달러로 그 경이로운 전통과 품위를 갖춘 《워싱턴포스트》의 경영권을 낚아챘습니다. 신문의 편집권을 독립시키고 간섭하지 않겠다고 공언했으나 그건 모두가 헛소리에 불과하지요.

홍　한국은 오래전부터 법적으로 산업자본이나 금융자본을 언론자본과 철저히 분리시킨 것은 참 잘한 거라는 생각이 듭니다.

김　그 외에도 한국이 잘한 게 너무나 많습니다. 그러니까 반세기가 조금 넘는 기간 동안에 한국이 최빈국의 위치에서 미국과 많은 분야에서 어깨를 나란히 하는 위치에 올 수 있었겠지요.

● ● ●

홍　미국과 비교할 때 한국이 잘한 게 또 한 가지가 떠오릅니다. 미국에 비하면 소득 불평등(income inequality)이 그렇게 심하지 않습니다. 소득 불평등이 심할수록 높아지는 지니 계수를 보면 미국은 세계 39위로 45.0이고요, 한국은 세계 93위로 35.7입니다. 더구나 미국의 숫자는 2007년 기준이고, 한국은 2016년 기준입니다. 누가 뭐라 해도 한국의 소득 불평등은 세계 93위로 아주 양호한 편입니다. 미국이 2007년 자료에 근거해 세계 39위로 소득 불평등이 심했다면, 2008년 금융위기를 겪으면서 훨씬 더 심해졌을 것입니다.

김 당연하지요. 2016년 대선에서 진보 성향의 한 후보는 이렇게 선언했어요. "상위 0.1%의 부가 하위 90%의 전체 부와 맞먹는다"라고요.

홍 충격적인 말입니다. 도대체 그 주된 이유가 무엇이었나요?

김 한마디로 금권주의자들이 언론과 정치, 노동자와 관료사회를 어떤 방식으로든 통제하지 않고는 어떤 사회도 '상위 0.1%의 부가 하위 90%의 부'와 같을 수는 없지요.

홍 김 교수께서 언급한 금권주의자들이 도대체 어떤 그룹인지 궁금하군요.

미국의 금권주의자들, 중산층을 붕괴시키다

김 2017년 트럼프가 그의 취임연설에서 "우리 중산층의 부를 그들의 가정에서 빼앗아서 전 세계에 재분배했다"는 말로 공개적인 선전포고를 했던 바로 그 그룹입니다.

홍 트럼프의 그런 선전포고는 그의 가족사(부계는 독일, 모계는 스코틀랜드)와 '미국을 다시 위대하게'라는 캠페인 구호와 함께, 그 선전포고의 대상그룹에게는 위협적이었을 것입니다. 그 그룹의 정체가 궁금하군요.

김 그 그룹은 이른바 미국 상위 '0.1%'에 해당하는 '금권주의자'들로, 1980년 레이건 집권 이래 37여 년 동안 부를 축적한 그룹에 해당됩니다. 이 '0.1%'의 축

적된 부가 어느 정도인지는 어느 누구도 정확히 알
수 없으나, 미국 사회의 빈부 차는 37여 년 동안 확
대되어 왔습니다.

홍 그걸 어떻게 증명할 수 있나요?

김 37년이라는 오랜 기간 동안 미국경제의 성장률은 연
2%~3%에 머물렀으나, 상위 '0.1%'의 소득 증가율
은 5%~7%로 추정되므로 그 기간 동안 '99.9%'층에
서 '0.1%'층으로 부의 이동이 3%~4% 정도로 더 많
았다는 사실은 수치상으로 증명됩니다. 이 이론은
서구 선진 자본주의 국가인 영국·프랑스·이탈리아
등에 똑같이 적용됩니다.

홍 '0.1%'층은 그들이 소유한 부에 대한 연 수익률을 어
느 정도 목표로 잡고 있나요?

김 연 7%를 상회할 겁니다. '7%'라는 연간 증가율은 복
잡한 수학공식에 따르면, 매 10년마다 원금이 배로
증가하게 되어 있습니다. 이 공식을 '70의 법칙(rule
of seventy)'이라고도 하지요. 1980년부터 2020년까
지 40년의 기간을 두고 계산해보면, 1980년의 재산
이 연간 7%씩 증가한다면 2020년에는 2의 4승(2, 4, 8,
16으로요), 즉 16배가 되는 겁니다. 예를 들어, 1980
년에 1억 달러였던 재산은 40년 후인 2020년에는 16

억 달러가 되는 것입니다.

홍　흔히 요즘 말하는 '억만장자(billionaire)'는 10억 달러 상당의 재산을 가진 사람을 가리키지요. 한국 돈으로는 1조 원 정도입니다. 잠깐 암산을 해볼게요. 그러니까…… 연 7%씩 증가하면, 밤낮이나 계절을 가리지 않고 매일 원금 외에 이익만 약 20만 달러씩 수입이 생기게 되어 있죠. 매일 20만 달러 수입이면 웬만한 중상류층 가정의 1년 수입보다 많지 않습니까?

김　당연히 많지요. 동서대치 상황에서 위협요소이던 구소련이 1991년에 몰락하고, 1980년 레이건 집권 후부터 약화되기 시작한 미국의 사기업 노조세력도 이 시점에서 와해된 후부터 이 그룹은 자기들 세상을 만난 것이지요.

홍　자기들 세상에서 그들이 한 일이 뭐였나요?

김　그들은 새로운 기업체를 세우기보다 'M&A'를 통해 기업사냥을 했는데, 사냥한 기업을 해체하여 폭리를 취하는 경우가 많았어요. 이러한 공격적 행위가 연간 7% 이상의 수익률을 올리는 주된 방법이었지요.

홍　그러한 고수익률을 유지하기 위해선 끊임없는 수입원의 개척이 필요했을 텐데, 그게 어떻게 가능했을까요?

김 그래서 신개척지로 그들이 찾은 곳이 바로 두 군데
이지요. 1990년대 후반부터 열어버린 아시아의 금융
시장과 2000년대 초반부터 침투한 미국의 '주택담보
시장(home equity market)'입니다. 잘 알다시피, 첫 번
째 개척시장은 아시아 금융위기로 이어졌고, 두 번
째 개척시장은 미국의 금융위기를 일으켰지요.

홍 말씀하신 대로, 두 개척시장의 피해자는 결국 금융
위기를 겪은 아시아 국가의 국민과 주택을 빼앗긴
미국 중산층이었고요. 반면에 그들 자신들은 어떤
피해도 입지 않았고, 오히려 경제적인 힘이 더 강해
졌고요.

김 맞습니다.

홍 그들의 다음 타깃은 누가 될까요? 연간 7%의 수익
률을 올릴 수 있는 타깃을 찾기는 쉽지 않을 텐데요.

김 놀랍게도 중국은 이 두 경우의 위기, 아시아 금융위
기와 미국 금융위기에서 전혀 피해를 입지 않았을
뿐만 아니라 오히려 입지가 상대적으로 강해졌습니
다. 중국은 연 7% 정도의 경제성장률을 유지하고 있
습니다. 그런 이유로 아마 중국이 그들의 다음 타깃
이 될 수 있습니다. 그런데 그게 쉬울까요?

홍 쉽지 않을 겁니다. 중국의 공산당 지도층은 이미 그

들의 의도를 충분히 알고 있을 테니까요. 아시아 금융위기 때 미국의 투기자본이 중국 내로 유입되는 것을 철저히 차단함으로써 금융위기를 피한 경험도 있고요.

김 '0.1%' 측이 미국의 정치무대를 좌지우지할 수 있다는 능력을 보이고, 그 능력이 중국에 유리하게 작용한다는 보장만 있다면, 중국은 '0.1%'의 음모를 모르는 체 받아들일 겁니다.

홍 그렇지 않아도 현재 무역전쟁이니 헤게모니 전쟁이니 해서 미국과 중국 사이가 소원해졌는데, '0.1%'의 이러한 음모는 두 나라의 관계를 더 악화시킬지도 모르겠군요.

0.1%의 부와 글로벌리즘의 등장

홍 '0.1%'층을 미국에 사는 유대인 그룹과 연결 짓는 시
   각이 있는데 그건 왜일까요?

김 미국 내 유대인이 미국 인구의 2% 정도인 5백4십만
   명인데, 그중에 유대인 거부의 수가 많기 때문이겠
   지요.

홍 유대인을 묘사하는 좋은 예는 어떤 것이 있을까요?

김 셰익스피어의 펜을 통해 완성된 「베니스의 상인」에
   등장하는 주인공 '샤일록'의 외로운 울부짖음에서 그
   예를 찾을 수 있습니다.

홍 「베니스의 상인」은 읽어보았지만 그 독백의 내용은
   기억이 안 납니다. 어떤 내용인지 궁금합니다.

김 제가 기억하고 있는 첫 부분과 마지막 부분은 대개

이런 겁니다.

"나는 유대인이다. 유대인은 눈이 없느냐?(I am a Jew. Hath not Jew eyes?)"로 시작해서, "만약 네가 우리를 해한다면 우리는 복수하지 않겠는가? 우리가 너희와 모든 것에서 같다면, 그 점에서도 너희를 닮을 것이다(If you wrong us do we not revenge? If we are like you in the rest, we will resemble you in that.)"로 끝이 나지요. 복수심이 들끓고 있음이 느껴지지 않나요?

홍 16세기경 유럽에 흩어져 거주하던 유대인들, 조국을 잃어버린 모든 유대인들의 공통된 복수심이었을 겁니다. 그렇지 않을까요?

김 샤일록은 겉으로 보면 지독한 돈벌레지만 내면을 들여다보면 그의 독백에서 드러나듯이 감성이 풍부한 고뇌하는 지식인이라는 겁니다. 유대교의 풍부하고 심오한 경전이 지식인을 만드는 기반이 되었다고 봐야지요.

홍 전자는 '로스차일드'로 대표되고, 후자는 '카를 마르크스'로 대변된다고 보면 어떻겠습니까?

김 재미있는 비유입니다. 그러니까 로스차일드는 19세기 초에 세계 금융계의 거물로 등장했고, 19세기 중반에는 카를 마르크스로 대변되는 지식인 그룹이 세계를 흔들어놓았어요. 카를 마르크스가 제창한 공산주의 이론은 1917년부터 구소련에서 실행에 옮겼으나 70여 년의 세월이 지난 후 1991년에 구소련이 막을 내림으로써 완전한 실패로 끝났지만요.

홍 카를 마르크스의 공산주의 이론의 핵심은 무엇입니까?

김 1847년 마르크스와 엥겔스가 발표한 「공산당 선언(The Communist Manifesto)」에 의하면, '사유재산의 폐지'와 '프롤레타리아(proletariat) 독재'라고 할 수 있습니다. 그런데 '사유재산의 폐지'는 결국 구소련 종말의 원인이 되었지요. 사유재산이 없는 사회는 자유와 경쟁이 없고, 경쟁이 없는 사회는 나태해져 결국 가난해지고, 자유가 없는 사회는 그 지도층이 결국 부패하게 되어 있고요.

홍 '프롤레타리아 독재'란 원래 무엇을 의미했나요?

김 마르크스는 국가의 개념을 초월한 세계질서를 원했습니다. 어느 국가든지 무산대중이 지배하면 국가 간의 갈등도 없고, 또한 국가라는 이익단체를 없앨 수 있다는 논리였지요. 사실 유대인을 핍박한 단체는 국가, 특히 기독교 국가였거든요.

홍 그런 의미에서 레닌을 통한 마르크스의 시도는 구소

련의 몰락으로 완전한 실패로 돌아간 셈이군요.

김 그렇게 볼 수 있지요. 그러나 국가를 없애려는 유대
인의 시도는 끝나지 않았습니다. 구소련이 몰락한
다다음 해인 1993년경(클린턴 취임)부터는 새로운 시
도가 있었지요. 이번에는 유대인 지식인 그룹이 아
닌 유대인 자본가 그룹이 행동을 시작했습니다. 그
것이 이른바 '글로벌리즘(globalism, 세계주의)' 사상입
니다.

홍 그럼 두 사상, 즉 '공산주의'와 '글로벌리즘'은 동일한
핵심 목적을 갖고 있다는 건가요? 그렇다면 그 목적
은 무엇일까요?

김 그 목적은 〈인터내셔널가(Internazionale, 국제공산당
가)〉의 프랑스판 가사에 정확히 기술되어 있습니다.
"…… And end the vanity of nations. We have but
one earth to live on(그리고 '국가'라는 허영심을 버리자.
우리는 같이 살 하나의 지구밖에 없다)"라는 구절은 공
산주의에의 열망이 국가의 개념을 없애는 것임을 분
명히 하고 있습니다. 국민국가(nation)가 유대인을 핍
박한 원인이라는 굳은 믿음 때문이지요.

홍 그러니까 국가의 개념과 거기에 따른 애국심·신앙
심 등 편협된 사고방식이 국가 간의 전쟁과 인종차

114

별의 원인이라고 마르크스는 믿었군요. 그게 실제 원인인가요?

김 확실한 답은 아무도 모르지요. 한 가지 확실한 것은 유대인의 오랜 박해의 역사를 돌이켜보면, 유대인의 '내셔널리즘(nationalism)'에 대한 공포를 충분히 이해할 수 있습니다. 13세기 이후만 하더라도, 유럽의 대부분 기독교 국가에서 유대인을 추방했거나 유대인에게 잔학행위를 저질렀던 적이 있습니다. 이런 가해 국가의 국민들은 자신들의 조상이 유대인에게 저지른 잔혹사에 대하여 죄의식을 느껴야 한다고 봅니다.

홍 그와 반대로 근래 와서는 오히려 유대인에 대하여 증오심을 다시 표출하는 경향이 있다는 글을 읽은 적이 있습니다. 그 이유는 무엇입니까?

김 그 점은 경제적 우위를 누리고 있는 유대인 쪽에서 상대방의 감정을 이해하도록 노력해야 한다는 사실을 일깨워주고 있습니다. 그래야지만 서로가 서로를 향해 갖는 감정이 더 이상 악화되지 않습니다.

홍 무슨 근거로요?

김 질투는 인간의 본성이지요. 질투의 정의는 여러 가지가 있으나 제가 생각하는 정의는 "자신에게 열등감을 느끼게 하는 상대방에게 품는 증오심"이라는 겁니다. 월등한 경제적 위치에 있는 유대인들에게 중산층 이하의 사람들이 갖는 어느 정도의 증오심은 자연스러운 인간의 본성입니다. 그러한 본성에 대해서는 저항할 수도 없고 저항해봐야 효력이 없습니다. 그러한 저항에 오히려 비난을 퍼부으면, 그 증오심이 내면으로 파고들어 더 강력해집니다.

홍 그럼 해결방법은 뭐지요?

김 증오심의 대상자가 인내심과 관대함을 품어야 합니다. 그러한 과정을 거쳐야만 날 선 증오심이 무디어져 단순한 부러움으로 변하게 됩니다. 부러움은 상대와 같아지려고 더 노력하려는 충동의 근원이 되지요. 상대를 파괴하려는 증오심과는 반대의 개념입니다.

홍 결국 자신의 부를 자신에게 별로 필요치 않는 것으로 느껴져야 한다는 거군요. 그렇게 행동도 하고요……. 하기야 자기가 가진 것은 사랑하지 않고 부족한 것을 사랑하는 것이 인간의 본성이지요.

미국 사회를 움직이는 힘, 유대인의 부

김 유대인에 대해 한 가지 궁금한 게 있습니다. 이 질문
   에 대한 답은 홍 선생처럼 문학인이나 사회학자 내지
   심리학자가 답해야 되리라 믿는데요……. 유대인이
   특별히 돈에 대한 타고난 애착 같은 게 있는 건가요?

홍 글쎄요……. 잘 아시겠지만, 기독교의 『성경』은 유대
   교의 성전인 구약을 포함하고 있을 뿐만 아니라 분
   량 면에서도 3분의 2 이상을 차지하고 있습니다. 유
   대교의 모세시대 역사서라고 할 수 있는 '모세 5경
   (Pentateuch)'은 「창세기(Genesis)」로 시작하는 『성경』의
   첫 부분 다섯 책이지요.

김 유대교의 경전인 구약과 예수 이후의 기독교 경전인
   신약은 내용면에 있어서도 상치되는 부분이 많지 않

습니까? 예를 들면 구약의 "눈에는 눈, 귀에는 귀"라
는 구절이 신약에 와서는 "오른쪽 뺨을 때리면 왼쪽
뺨을" 하는 식으로 복수보다 용서를 계시하는 방향
으로 바뀌었지요.

홍 복수 관련뿐만 아니라 재물 관련에서도 그에 못지않
는 차이를 보이는데요. 예컨대 '솔로몬'의 저작으로
전해지는 「전도서(Ecclesiastes)」에는 이런 구절이 나옵
니다.

연회는 웃음을 가져오고
포도주는 사람을 더 기쁘게 하나
돈은 모든 것의 답이다. (「전도서」, 10:19)

반면, 신약의 「누가복음(Luke)」에는 이런 구절이 있
지요.

축복받을지어다, 가난한 자들이여
왜냐하면 천국의 왕국이 그대들 것이니까
......
비난받을지어다, 부자들이여
왜냐하면 그대들은 안락했었기 때문에 (「누가복음」,

6:20~24)

신약은 부자를 비난하고 가난한 자를 사랑했던 예수의 말을 그대로 복음서에 기록하고 있지요.

김 "돈은 모든 것의 답이다"라는 구절은 다시 들어도 충격으로 다가옵니다. 그것도 3단 논법으로 두 가지 확실한 논리를 댄 다음에 결론적 논리를 전개했으니까요. 혹시 원문을 기억하고 계시나요?

홍 히브리어 원문은 모르고 NIV 판의 공식 영어 원문은 기억하는데 다음과 같습니다.

"A feast is made for laughter,

and wine makes life merry,

but money is the answer for everything."

바로 마지막 이 문장이 유대인의 정신세계에 지대한 영향을 끼쳤다고 봐야지요.

김 어떻게요? 어떤 경로를 거쳐서요?

홍 유대인들의 명절로 모세의 광야 시절을 기념하는 '초막제(feast of tents)'가 있습니다. 현대에 와서는 주로 어린이들이 야외에서 단기간 캠프생활을 한 후에,

마무리 행사로 전도서를 암송합니다. 물론 암송 구
절에 "Money is the answer for everything"이라는 구
절이 있습니다.

김 그래서 어린 시절부터 그 영향을 받지 않을 수 없었
겠군요. 어떻게 보면 「전도서」는 참 위험한 책입니
다.

홍 진실은 항상 위험한 겁니다. 진실을 감당할 수 없는
사람에게 진실은 언제나 해를 끼칠 수 있으니까요.
그래서 『성경』의 모든 책 중 「전도서」가 설교 중에 가
장 적게 인용된다고 합니다.

김 그러면 그런 진실을 감당할 수 있는 부류를 예로 든
다면요?

홍 주로 예술가나 학자들이지요. 그래서 유명 소설·영
화·노래의 제목이나 내용 안에 「전도서」의 내용이
자주 인용되는데 금방 떠오르는 것만 해도 서너 개
가 되네요.

김 어떤 건가요?

홍 소설 「태양은 또다시 떠오른다(The sun also rises)」, 반
전노래의 가사 중에 "모든 것에는 때가 있다(There is
a time for everything)", 베트남 전쟁 영화의 에피그램
"청년들아 젊어서 즐거워해라(Rejoice O young men in

the youth)" 등이 있습니다.

김　「전도서」가 그만큼 예술가들의 영혼을 흔들어놓았다
　　는 좋은 증거군요.

홍　그런 영향을 준 책으로는 『차라투스트라는 이렇게 말
　　했다(Thus Spoke Zarathustra)』도 있지만 그 책은 기껏해
　　야 150년도 안 되지요. 하지만 「전도서」는 3천 년이
　　넘는 기간 동안 예술가들에게 영향을 주었습니다.

김　알겠습니다. 정말로 "돈은 모든 것의 답"일까요? 오
　　히려 돈에 파괴되는 인간이 얼마나 많습니까!

홍　물론 돈의 파괴력은 무섭습니다. 돈 때문에 부자간,
　　형제간, 친구간, 부부간의 사이도 순식간에 파괴될
　　수 있으니까요. 하지만 일정 한도를 초과하면 돈은
　　곧바로 권력과 연결되지요.

김　그러고 보니 〈차이나타운(Chinatown)〉이라는 영화의
　　대사가 생각나네요. 형사가 거부에게 "돈이 더 많다
　　고 하루에 세 끼가 아니고 다섯 끼를 먹는 것도 아닌
　　데 왜 그렇게 부를 쌓으려고 하느냐?"라고 묻지요.
　　거부의 답은 이랬습니다. "권력 때문이다. 권력!"

홍　거부 유대인의 심정이 그와 비슷하지 않을까요? 거
　　의 2천 년에 걸쳐 받은 핍박을 영원히 피하는 방법은
　　권력을 확보하는 것뿐이니까요.

내셔널리즘과 글로벌리즘의 투쟁

김 거부 유대인들이 부에 집착하는 이유는 결국 자신들
의 나쁜 역사를 되풀이하지 않게 보장해주는 권력의
확보에 있었군요. 그런데 혹시 과거의 핍박에 대한
복수심도 깃들어 있지 않았을까요?

홍 당연히 있겠지요. 특히 1993년부터 그런 복수심이
불타올랐을 겁니다.

김 왜 1993년부터지요?

홍 1993년은 유대인 영화감독 '스필버그'가 제2차 세계
대전 중 폴란드의 '크라코프'시 유대인들의 참상을
다룬 〈쉰들러 리스트(Schindler's List)〉를 감독한 해
입니다. 이 영화는 아카데미 작품상 · 감독상 · 촬영
상 · 미술감독상 · 편집상 · 작곡상 · 각색상, 7개 부

문에 걸쳐 1994년도 아카데미상을 휩쓸었지요. 수많은 세계인들에게 감동을 주었고, 세계 영화사에 영원히 남을 작품으로 평가받았습니다.

김 영화를 감동 깊게 본 기억은 있는데 유대인의 복수심과는 연결지어본 적이 없습니다. 영화에 대한 설명이 좀 필요한 것 같군요.

홍 빨간 코트를 입은 금발의 어린 소녀가 게토 거리를 걷는 장면에서 시작한 영화는 그 소녀의 시체가 수레에 실려 소각장으로 가는 장면으로 끝이 나는 걸로 봐야 합니다. 게토 장면 앞부분과 수레 장면 뒷부분은 사진틀에 불과합니다. 누구도 근접할 수 없는 스필버그의 천재성이 여실히 드러난 대목이지요.

김 쉰들러의 인간애도 영화의 주제에 포함시켜야 하지 않을까요?

홍 쉰들러의 역할은 이 빨간 코트를 입은 어린 소녀를 보여주는 시각을 제공한 것뿐입니다. 한 번은 걸어가는 소녀로, 그리고 또 한 번은 소각장으로 실려가는 시체로서이지요.

김 흑백영화 안에서 유일하게 색감을 보여준 것이라 그 소녀가 입은 빨간 코트는 아직도 기억에 생생합니다.

홍 소녀의 그 코트가 김 교수의 기억에 아직도 남아 있다면, 유대인의 기억에는 영원히 각인되어 있을 것입니다. 또한 그것은 '복수'라는 단어와 끈끈히 맺어 있을 겁니다. 어느 깃발보다 강력한 전의를 이끌어내지요.

김 그러니까 영화와 관련된 복수심을 이렇게 정리해보면 어떨까요?

첫째, 이 영화는 인간의 잔인성을 적나라하게 드러냄으로써 세계인의 양심의 가책을 끌어내기도 했지만, 동시에 유대인들의 사회적 성공으로 어느 정도 누그러들었던 유대인들의 복수심을 다시 한 번 불러일으키는 역할을 했다.

둘째, 이 영화의 중간 부분인 70여 분에 걸친 유대인 학대 장면을 본 사람이면 누구라도, 유대인의 무저항과 비굴함, 세계인의 무관심과 독일인의 잔인함에 충격을 받았을 것이다.

셋째, 이러한 이유로 제2차 세계대전이 끝난 지 거의 반세기가 지난 20세기 말에, 천재가 만든 영화 한 편이 세월의 흐름과 경제적인 부로 거의 잠재워졌던 유대인들의 복수심을 다시 불러일으켰다.

홍 잘 정리된 것 같습니다. 한 가지 추가할 점은 영화가

상영된 1993년은 구소련 종말에서 2년 정도가 지난 때였다라는 겁니다.

김 그것의 중요한 의미는 무엇인가요?

홍 자본주의에 대한 자신감이 최고조에 달했다는 것과 노동자의 세력이 가장 약했을 때라는 거지요. 그래서 자본가들이 힘을 발휘할 수 있었습니다.

김 그래서 유대인의 복수심은 어떻게 작용했나요?

홍 유대인 경전인 『탈무드(Talmud)』에 "위대한 복수는 잘 사는 것이다(Great revenge is to live well)"라는 구절이 있습니다. 유대인들은 전쟁이 끝난 지 반세기가 지난 후에는 세계 각국에서 어느 민족보다 "잘 살고" 있었으며, 이것으로 전쟁 중 겪었던 참혹한 핍박에 대해 어느 정도 복수를 했다고 자위할 수도 있었지요.

김 그 정도 복수로 끝났으면 참 좋았을 텐데…….

홍 충분히 그럴 수 있었어요. 더구나 그들의 경전인 구약 「신명기」에는, 톨스토이가 그의 장편소설인 『안나 카레리나』의 머리말에 인용한 "복수는 나의 것(Vengeance is mine……)", 곧 "그들이 실족할 그때에 내가 보복하리라"(「신명기」 32:35)라는 말이 나오거든요. 이 말은 직접 복수하려고 하지 말고 하느님께 맡

기라는 뜻입니다.

김 맞습니다. 사실인즉 사회의 최상위 지도층에 속한
유대인들은 자신들이 각 분야, 특히 경제 분야에서
이룬 성공에 만족하고 있는 상태였습니다. 그런데
홍 선생의 견해에 의하면 1993년 발표된 〈쉰들러 리
스트〉의 빨간 코트를 입은 금발 소녀의 이미지가 유
대인의 영혼에 불을 지폈다는 거지요?

홍 제 생각은 그러합니다. 어느 누가 문학인의 잘못된
상상력을 비판한다고 해도 반박할 의사가 없습니다.
그런데…… 유대인 거부들이 생각하는 "잘 사는 것"
외에 또 다른 복수는 뭐였나요?

김 정치권력을 자신들의 통제하에 두는 것이었습니다.

홍 그게 미국 같은 나라에서 어떻게 가능할까요? 미국
의 유대인 총인구가 5백4십만 명밖에 안 되잖습니
까?

김 매스미디어의 장악, 그리고 선출직 공직자의 당락에
결정적인 영향을 줄 만한 재력을 확보하면 충분히
가능하다는 확신을 가졌을 겁니다. 그때부터 거대한
재력을 구축하기 위한 조치로 글로벌리즘을 밀어붙
였지요.

홍 일리가 있는 견해입니다. 거기다가, 방금 전 제가 말

했듯이 1993년이면 공산권의 종주국이었던 구소련의 종말이 있은 지 2년의 세월이 흘렀던 시기여서 공산주의 이데올로기의 위협에서 완전한 자유로울 수 있었습니다. 즉, 빈부차나 노동자 계층의 반발이 큰 문제가 되지 않을 때여서 복수할 수 있는 절호의 기회가 왔다고 생각할 수 있다는 거지요. 그 결과로 세계화, 곧 '글로벌리즘'에 박차를 가할 원동력이 생겼다고 볼 수 있겠군요. 그런데 '글로벌리즘'의 목표는 무엇인가요?

김 자본·노동, 그리고 상품·서비스가 국경을 자유롭게 넘나들게 하자는 거였지요. 그렇게 함으로써 궁극적으로 모든 국가가 잘살 수 있다는 겁니다. 모든 국가에 윈-윈 게임이 된다는 거지요.

홍 성공했나요?

김 실패했습니다. 처참히 실패했지요. 세계적으로는 국가 간의 격차, 국가 내에서는 개인 간의 빈부의 차가 더 심해졌습니다. 소수의 예외는 있었지만요.

홍 그 소수의 예외는?

김 글로벌리즘으로 덕을 본 국가로는 중국과 인도, 그리고 이 두 나라의 주변 국가를 들 수 있습니다. 한국은 그 주변 국가의 하나로서 글로벌리즘의 드문

수혜국이었습니다. 개인적인 수혜자로는 유대인 거부를 포함한 월스트리트의 자본가들이 대표적인 예입니다.

홍 그러면 글로벌리즘의 주된 피해자는 누구인가요?

김 아시아 외환위기를 당한 국가의 국민들, 제조업 직업을 빼앗긴 미국 노동자들, 미국 금융위기로 집을 빼앗긴 미국의 중산층들……. 그러고 보니 미국 국민들의 피해가 제일 크군요.

홍 그렇다면, 정치권력을 자신들의 영향력 밑에 두겠다는 유대인 거부들의 시도는 실패로 끝나겠군요. 매스미디어와 정치자금을 제 마음대로 컨트롤한다 해도 피해를 입은 국민의 지지를 얻기란 어려울 테니까요.

김 그 결과가 2016년 말 트럼프 당선이라고 볼 수 있습니다. 그래서 그는 내셔널리즘을 내세우며 글로벌리즘과 투쟁 중입니다. 하지만 최종 결과는 예측하기 이릅니다. 든든한 역사적 배경을 가진 글로벌리즘의 의지가 워낙 강하니까요.

홍 그러니까 트럼프는 국내적으로는 내셔널리즘을 대표하여 유대인 거부들의 글로벌리즘과 투쟁하고, 국외적으로는 시장 경제를 대표하여 중국의 비시장 경제

와 대치하고 있는 셈이군요. 양쪽 모두 트럼프에게
승산이 있다고 봐야겠지요?

김 대외적으로는 승산이 있으나 대내적으로는 예측불허
입니다. 유대인들은 워낙에 강인한 민족입니다. 쉽
사리 패배를 인정할 사람들이 아닙니다.

유대인, 핍박자에서 군림하는 자로 올라 서다

김 잠깐 대화를 바꿔서 트럼프와 유대인과의 관계에 대해 한 가지 질문을 해야겠네요. 미국 대사관의 예루살렘 이전의 의미는 트럼프의 친유대인 정책의 실천 아니었던가요?

홍 2018년 트럼프는 유대인의 오래된 열망에 부응하여 미국의 대사관을 예루살렘에 옮기기로 결정했습니다. 그의 이러한 결정에 대해 이스라엘 정부는 극히 환영할 만한 일이었지만, 중동의 이슬람 국가는 극렬히 반대할 만한 일이었지요. 그러나 그것이 친유대인 정책이라고만은 볼 수 없습니다.

김 그럼 뭐지요?

홍 '시오니즘(Zionism)'이란 유대인들이 고국 팔레스타인에 유대 민족국가를 건설하는 것을 목표로 하는 유대 민족주의 운동을 지칭하는데, '크리스천 시오니즘(Christian Zionism)'도 빼놓을 수 없습니다. 이 말은 크리스천의 예루살렘 회복을 의미하지요.

김 예루살렘에 골고다 언덕이 있고 그곳에서 예수가 십자가에 못 박혀 승천하였기 때문인가요?

홍 그렇습니다. 예수가 태어난 곳이기도 하고요. 예루살렘은 유대교·기독교·이슬람교의 공동 성지입니다. 조상도 공유하고 있지요. 아브라함이 같은 조상이기 때문에 이 세 종교를 아브라함 종교라고도 합니다. 서로 싸울 필요가 없는데도 역사는 이 세 종교 간의 충돌에서 흘린 피로 점철되어 있습니다.

김 유대교와 기독교 간의 갈등은 언제 시작되었나요?

홍 유대인들은 기원전 10세기부터 주위의 강대국으로부터 끊임없는 침략을 받아왔는데, 이집트·바빌론·로마제국의 침략이 그 예입니다. 특히 2세기 말에 일어난 로마제국의 통치에 저항한 유대인의 봉기는 대단한 것이었습니다. 그 진압을 위해 하드리아누스(Hadrianus) 로마 황제가 로마제국 군단의 3분의 1을 동원했어야 했으니까요. 이때 10만 명 이상의 유대인이 학살되었고, 유대인은 그들의 본거지인 팔레스타

인 지역을 제2차 세계대전 후 이스라엘 국가가 세워
질 때까지 잃게 되었습니다.

김 유대인의 저항정신은 그렇게 대단했군요. 그 막강
한 로마 군단의 3분의 1을 동원해야 할 정도였다면
요……. 또 한 가지 의문이 있습니다. 왜 로마제국이
4세기에 기독교를 국교로 정한 후에 같은 조상 아브
라함을 섬기는 유대인을 그들의 고향인 팔레스타인
지역으로 돌아가게 하지 않았을까요?

홍 로마제국의 콘스탄티누스 대제가 4세기에 기독교를
국교로 정하고부터 유대인에 대한 종교적 박해가 심
해졌습니다. 그러한 전통의 연장선에서, 중세기에 들
어와서는 유럽의 대부분 나라에서 유대인의 주거지
와 직업을 제한하는 정책 등으로 유대인을 박해했으
며, 유대인을 국외로 추방한 적이 있어요.

김 유대인의 시오니즘은 일단 성공하지 않았습니까? 이
스라엘이라는 유대인의 국가를 세웠으니까요.

홍 그런 셈이지요……. 세 종교에 대해 잠시 부연설명
을 해야겠군요. 유대교·기독교·이슬람교는 유일
신, 곧 여호와(Jehovah), 여호와와 그 아들 예수, 알
라(Allah)를 믿는 3대 종교입니다. 이 세 종교는 공동
의 조상으로 아브라함을 섬기고 있어 '아브라함 종교

(Abrahamic Religion)'라고도 불립니다. 유대교 교인은 그들의 선조인 다윗과 그 아들인 솔로몬이 세운 도시가 예루살렘이라고 믿어 그곳을 최고의 성지로 여깁니다. 예수가 태어나고 십자가에 못 박혀 승천한 '골고다(Golgotha)' 언덕이 예루살렘에 있으니 기독교가 그곳을 성지로 여기는 것은 너무나 당연합니다. 그리고 예루살렘은 이슬람교의 예언자 '모하메드'가 승천한 장소이기 때문에 이슬람 교인에게는 메카, 메디나 다음의 성지로 되어 있습니다. 그런 까닭에 어느 한 종교가 다른 종교에 양보하거나 협조하기 어려웠을 겁니다. 그래서 이 성지를 두고 치열하게 경쟁하는 역사가 전개되었습니다. 12~13세기에 걸쳐 벌어진 십자군의 성지회복을 위한 이슬람군과의 처절한 전쟁이 그 좋은 예지요.

김 그러니까 2018년에 트럼프가 이스라엘 정부의 숙원을 받아들여 미국 대사관을 테헤란에서 예루살렘으로 이전하기로 결정한 것은 여러 의미가 있습니다. 언뜻 보기에는 이스라엘 그리고 세계의 모든 유대인의 염원인 이스라엘의 수도 이전을 인정한 것으로, 이슬람 교인을 적대시하고 유대인을 위한 정책이었다고 간주하기 쉽지만, 반드시 그렇지만은 않다는 거군요.

홍 그렇습니다. 앞에서 설명했듯이, 예루살렘은 기독교, 특히 복음기독교(Evangelical Christian)인에게도 예수 의 승천 장소로 특별한 곳입니다. 트럼프가 미국 대 사관을 옮긴 것은 독실한 개신교 신자로서 택한 행위 로 간주하는 것이 옳은 판단이라는 거지요.

김 그것도 유대인의 고도 복귀 염원과 똑같이 시오니즘 으로 불리나요?

홍 유대인의 예루살렘 지역으로의 복귀 염원을 '시오니 즘'이라고 하는데, 기독교 특히 개신교파의 예루살렘 복귀 염원을 '크리스천 시오니즘'이라고 합니다. 말 씀드렸듯이, 기원후 2세기 말에 있었던 유대인의 봉 기와 로마제국의 진압, 그리고 그 진압과정에서 발 생한 대학살 사건으로 빚어진 두 민족 간의 악감정은 로마제국이 기독교를 국교로 택한 후로는 두 종교 간 의 반목과 반감으로 변질되었습니다. 그 후 그러한 악감정은 로마제국에 합병된 기독교 국가들로 자연 히 확산·연장되었지요.

김 종교 교리의 차이 때문에 두 종교의 적대 관계가 깊 어졌다는 근거는 없나요?

홍 글쎄요. 제 자신이 그 방면에 대해 잘 모르니까요.

유대교인은 역사적 실제 인물인 예수를 하느님의 아들이라는 기독교의 삼위일체론과 예수가 행한 기적들, 예컨대 예수가 물위를 걸었다는 사실을 내세워 기독교를 비하하는 경향을 보였습니다.

김 기독교 바이블의 주요 부분이 구약인데, 그 구약을 자신들의 경전으로 삼는 유대교의 자부심이 기독교를 얕보는 이유가 되지 않았을까요?

홍 그것도 이유가 되겠네요. 게다가 예수의 어머니, 곧 성모 마리아가 창녀였을지도 모른다는 추론이 유대인의 역사서에 실려 있는데, 이 신성모독에 대해 유대교에서 단 한 번의 사과도 없다는 것은 실로 놀라운 일입니다.

김 그러고 보니까 폴란드 출신인 교황 존 바울은 기독교가 과거에 저지른 세 가지 잘못에 대해 정식으로 사과했지 않습니까? 그 세 가지가 뭐였지요? 잘 생각이 나지 않아서…….

홍 제 기억으로는, 첫째 12~13세기에 저지른 십자군의 만행에 대해, 둘째 중세기에 저지른 종교재판에 대해, 그리고 셋째는 유대인 학살에 대해 로마 교황청이 침묵을 지켰던 과오에 대한 것일 겁니다. 여하튼 교황 바울의 사죄는 기독교로서는 대단한 용기를 보여준 겁니다.

김 나치 독일의 아우슈비츠 '홀로코스트(Holocaust, 유대
인 대량학살)'는 2천5백 년 동안 계속된 유대인 박해의
역사가 가장 극적으로 연출된 장면이지요.

홍 그렇습니다. 앞으로는 어떤 민족도 야만적인 핍박은
받지 않을 겁니다. 이제 세계의 눈과 귀가 SNS로 연
결되어 있으니까요. 더군다나 유대인의 박해 역사에
새로운 전기를 마련한 나라는 제1, 2차 세계대전을
거치면서 영국을 대신하여 세계 최강국으로 등장한
미국이었고, 자유경쟁의 국가 미국에 거주하고 있는
유대인의 사회적 성공은 핍박자로서의 위치에서 군
림하는 세력으로 탈바꿈하게 되었습니다.

김 현재 미국의 굴뚝산업형 제조업을 제외한 모든 분야
에서, 특히 금융 · 언론 · 예술 · 영화 · 학술 · 법률 분
야에서 보여준 유대인의 활약상은 거의 기적이라고
할 수 있겠지요?

홍 경이로운 기적이지요. 이거야말로 한 민족이 이루어
낸 대단한 기적입니다. 불굴의 저항정신으로 극복해
낸 유대민족은 그 뿌리부터 달랐다고 할 수 있습니다.

김 유대인의 우수성을 구체적으로 증명할 수 있는 통계
는 어떤 것이 있을까요?

홍 제가 휴대폰에 메모해놓은 것이 있는데, 찾아보겠습니다……. 미국 최고 지식인의 50%가 유대인이고…… 과학과 경제학 분야의 노벨상 수상자의 40%가 유대인이며…… 미국 최고 대학 교수의 20%가 유대인이고…… 뉴욕과 워싱턴 지역의 법률회사 파트너의 40%가 유대인이며…… 최고 흥행실적을 올린 50개 영화의 시나리오 작가·감독·제작자의 60%가 유대인이고…… 아직 끝나지 않았습니다.

김 한 가지만 더하시지요. 너무 기가 죽는 거 같아서요.

홍 좋습니다. 그럼 마지막으로 한 가지만…… 세계 체스 챔피언의 50%가 유대인이었습니다.

미국 언론의 핵심, '미국 예외주의'

김 그런 유대인의 우수함이 인류 사회에 얼마나 공헌했
   느냐 하는 것은 또 다른 문제가 아닙니까?

홍 1965년 흑인의 투표권 회복을 위한 앨라배마 주의
   셀마(Selma)와 주도인 몽고메리 간의 흑인 행군을 기
   억하십니까?

김 뉴스에서 본 기억이 아직도 뚜렷합니다. 제가 1965년
   에 결혼해 허니문 여행 중에 일어난 일이었으니까요.

홍 대부분의 흑인들 사이에 같이 행진하는 젊은 백인들
   의 모습도 기억될 겁니다. 그들 대부분이 유대인 젊
   은이들이었습니다. 혹독한 박해를 당한 민족의 후손
   들만이 할 수 있는 일이지요. 그 다음으로, 킹 목사
   의 "I have a dream.……"이라는 연설이 워싱턴에 울

려 퍼졌고, 몇 십 년 후에는 'Change'라는 구호를 내세운 흑인 대통령이 탄생되었습니다.

김 그렇군요…… 그때 그 행진을 보고, 미국에도 양심적이고 용기 있는 백인 젊은이가 많다고 가볍게 생각한 정도였습니다.

홍 그것뿐만이 아닙니다. 어떠한 테러행위를 했다 해도 그 피해자에 대한 고문은 위법이라고 적시하고, 법 집행도 철저하게 합니다. 그래서 미 정보부는 어쩔 수 없이 쿠바의 관타나모에 테러리스트를 수용했지요…… 이런 일이 가능한 것은 미국 법조계의 요직에 유대인이 진을 치고 있기 때문입니다. 힘으로서가 아니고 원칙주의를 앞세워 미국을 세계 지도국으로 만든 '미국 예외주의'의 좋은 예이지요.

김 미국이라는 나라는 과거의 다른 최강국이 가져보지 못한 신성한 힘 같은 것을 가지고 있는 것은 사실인 것 같습니다. 그 힘은 평등사상과 약자를 돕고 강한 자에게 저항한다, 라는 신념에서 나온 것 같습니다. 그런데 그것이 유대인의 영향 때문이라고 생각해본 적은 없었습니다. 그런데 그런 "약자는 돕고 강한 자에게는 저항한다"라는 정신이 아직도 미국에 남아 있나요?

홍 미국의 언론이 그러한 정신, 곧 '미국 예외주의'의 전통을 이어 받아왔습니다. 그 미국 언론의 중심에는 유대인이 자리하고 있고요.

김 구체적인 예를 든다면요?

홍 《뉴욕타임스》와 《워싱턴포스트》는 베트남의 호치민을 미국의 조지 워싱턴 격으로 격상시킴으로써 미국으로 하여금 전쟁을 일찍 끝내게 했습니다. 그리고 《뉴욕타임스》가 '미국의 양심(American Conscience)'으로 부른 MIT 대학의 한 언어학자는 이스라엘의 지도자를 팔레스타인에 대한 테러리스트라고 낙인찍은 죄로 이스라엘의 입국을 거절당했어요. 두 신문사는 유대인 가문이 창업하여 근래까지 운영해왔고, MIT 대학의 한 언어학자는 골수 유대인이었습니다. 이런 게 미국의 예외주의입니다.

김 유대인이 미국의 대중문화에 끼친 영향은 어떻게 평가하십니까? 일부에서는 좋지 않게 보는 경향도 있어서요.

홍 미국의 슈퍼볼 50주년 현장 공연을 기억하시는지요?

김 TV에서 비욘세의 미식축구 스타디움 공연을 본 기억이 납니다. 아주 박동감 넘치는 율동을 보여주더군요. 나도 모르게 절로 흥이 일더군요.

홍 김 교수께서 흥이 난 건 당연합니다. 열정을 느끼지 않을 수 없었을 테니까요.

김 어떤 열정을 의미하십니까?

홍 약자 편에 서는 것과 강자에 저항하는 데 필요한 열정, 곧 '패션(passion)'입니다. 비욘세만 금발머리를 휘날리고 다른 수많은 흑인 여자 댄서들은 베레모를 쓰고 있는데, 이것은 전설적인 저항아로 쿠바혁명의 영웅인 '체 게바라(Che Guevara)'를 가리키는 것이었지요.

김 그건 전혀 눈치채지 못했습니다. 그러고 보니 슈퍼볼 50주년 공연이 너무 정치색을 띠었다는 기사를 읽은 기억이 납니다.

홍 거기다가 댄서들의 포메이션을 위에서 보면 'X'자를 그리고 있어요. '말콤 X(Malcom X)'라는 전설적 흑인 저항아를 기리기 위함이었습니다. 그 저항아가 성을 'X'로 한 이유가 특이합니다. 흑인여자는 백인의 성 노리개에 지나지 않으므로 자신의 성이 무언지 알 수 없기 때문이라는 거예요. 이런 창의적 생각은 모두가 유대인들이 기획한 공연이기 때문에 가능했던 겁니다. 보통의 백인이 이 공연을 기획했다면, 아마도 블론드 머리를 휘날리는 스타들의 진부한 공연이 되었을 겁니다.

김 정치적인 저항이 창의적인 것과 어떤 관계가 있나요?

홍 어떤 형태의 저항이든 이것은 평등사상에서 출발합니다. 인터넷도 따지고 보면 그런 정신에서 나온 겁니다. 김 교수께서도 비욘세 공연을 보고 흥분했다고 했잖습니까? 그 공연에 평등사상과 저항정신이 깔려 있었기 때문입니다. 그것이 바로 열정이지요.

김 싸이(Psy)가 그 짧은 시간에 국제적 명성을 얻은 게 유대인의 도움 때문이라는 게 사실인가요? 그렇다면 이것도 유대인의 평등사상, 저항정신과 연관이 있나요?

홍 당연히 있지요. 〈강남스타일〉 가사는 천민자본가 즉 '프티 부르주아(petty bourgeois)'를 비하적으로 풍자하는 내용입니다. 골은 비고 말이나 타며 으쓱대는 전형적인 한국 졸부의 인간상이지요. 한국 졸부를 통해 세계의 졸부를 풍자하는 노래가 의의도 있고 돈도 된다고 믿은 한 유대인 젊은이가 있었습니다. 싸이의 〈강남스타일〉 유튜브 조회수가 최고조에 달하자, 그 젊은이는 싸이에게 미국에서 전화를 하지요. 그리고 자신의 에이전시 소속 계약을 제안했는데,

싸이가 거절 못할 조건을 내걸었습니다. 바로 한국 가사를 그대로 사용한다는 거였어요. 너무나 유대인적이지 않습니까?

김 어떤 점에서요?

홍 세계 각국에 흩어져서 살았던 조상을 가진 유대인 피를 이어받지 않았다면 그런 제안을 절대 할 수 없었을 겁니다. 사실 인류의 언어는 어느 외계인의 귀에는 다 같게 들리게 되어 있습니다. 언어의 뒤에 있는 이미지가 같으니까요. 거기다가 그 젊은 에이전트는 히브리어로 암송하는 유대경전이 뜻을 제대로 전한다는 것을 충분히 경험한 바 있지요.

김 결국 싸이의 국제적 명성은 그 젊은 에이전트의 도움 때문이었나요?

홍 도움이라기보다 상부상조한 거지요. 하지만 유대인의 인종에 대한 평등사상이 핵심 역할을 했어요. 사실 싸이의 스타덤은 간단했습니다. 싸이를 미국 토크쇼에 초대해 그의 산하에 있는 '브리트니 스피어스'라는 가수에게 말춤을 가르치게 한 다음, 뉴욕 공연 중인 '마돈나'와 말춤을 추고 서로 가랑이 사이로 들어가게 했어요……. 그 다음은 모두가 알고 있는 스토리지요.

김 유대인들과 대중예술계의 커넥션은 그렇게 대단하군요. 재능 있는 젊은이라면 누구나 국제적 명성을 얻을 수 있는 세상이 바로 지금 우리가 살고 있는 세상이 아닐까요?

홍 그건 그렇지 않습니다. 싸이와 같은 동양인이지만 일본 청년이라면 절대 픽업되지 않았을 겁니다. 근래에 센세이션을 일으키고 있는 '방탄소년단(BTS)'도 마찬가지고요.

김 그 이유는요?

홍 유대인 최고의 참상은 '아우슈비츠 홀로코스트'입니다. 일본은 이탈리아·독일과 함께 이른바 '협조자의 축(axis partners)'을 이루었던 나라지요.

김 이런 분야에도 유대인의 감정이 개입된다는 겁니까?

홍 당연히 그렇지요. 2017년 이스라엘에서 수입하는 외제차의 순위를 보면, 현대차와 기아차가 1, 2위로 토요타를 앞지르고 있고, 벤츠는 아예 10위 밖입니다.

김 참 놀랍습니다.

홍 그것뿐만이 아닙니다. 삼성이 아니고 소니였다면 구글이 소유한 모바일폰의 '안드로이드(Android)' 운영체계의 주요 코드 부분을 절대 공개하지 않았을 겁니다. 그리고 앱(app) 때문이라도 그 시스템을 사용하지 못하면 삼성의 '모바일 폰 세계 1위'는 꿈도 꿀 수 없는 거지요.

김 한국이 서양 역사의 어떤 흐름으로 인해 우연히 유대인의 친구가 될 수 있었던 것은 대단한 행운이군요.

홍 우연한 것만은 아니에요. 한국인과 한국의 종교는 유대인과 유대교를 공경하는 경향이 있습니다. 서양의 기독교 국가나 이슬람 국가들과는 정반대의 현상이지요.

김 왜 그렇지요?

홍 먼저 한국인의 성향부터 얘기하면, 한국인은 유대인과 유사점이 많아요. 두 민족이 똑같이 역사적으로 주위 강국으로부터 핍박을 받았습니다. 두 민족은 또한 공히 자손들의 교육을 중시하여 현재 미국 최고 대학의 우등생 비율이 1, 2위를 다툴 겁니다. 종교적인 면에서 보면 한국의 기독교는 서양의 기독교와는 정반대로, 유대인을 예수를 죽인 민족으로 보지 않고 오히려 예수의 조상으로 보아 공경의 시선을 보냅니다. 아마도 조상숭배 사상에 근거한 유교의 원형을 견지하는 유일한 민족이 한국인이라는 이유 때문일 거예요. 이런 이유로 앞으로도 더욱더 두 민족이 합심하는 경향이 늘 거예요. 싸이의 경우를 협조의 모델로 삼으면서요. 사실인즉, 유대인의 입장에서 보면 이 지구상에서 진정한 친구로 삼을 만한 민족은 많지 않습니다.

김 그건 왜 그렇지요?

홍 유대인에게는 모든 기독교, 특히 서양의 기독교 국가와는 유대교 박해의 역사 때문에 진정한 친구가 되기 힘듭니다. 또한 모든 이슬람 국가와는 영토와 종교에 연관된 분쟁이 걸림돌이 되고요. 일본은 아까 말했듯이 제2차 세계대전 중 독일의 협조국이었기 때문에 힘들지요. 결국 남은 국가는 중국 · 인도 · 한국 정도입니다. 그중에서 중국은 세계 유대인의 본산이랄 수 있는 미국에 대해 가상의 적이 될 수 있으므로 그것이 하자로 작용하고요……. 인도는 어떤 하자도 없는 것 같고, 수학적 능력이 탁월하다는 매력도 있습니다. 그러나 인도 카스트 제도의 상위층 대부분은 혈연으로 따지면 '아리안(Aryan)'족에 속합니다. 독일 나치가 '아리안족의 우월성(Aryan Supremacy)'을 내세워 유대인의 박해를 정당화했다는 사실은 유대인의 기억에서 쉽게 지워지지 않을 겁니다.

김 앞으로 모든 분야에서 유대인의 영향력은 끊임없이 커지겠습니다. 그들의 부는 우수한 두뇌와 좋은 유대인 사회의 커넥션 덕분에 기하급수적으로 증가할 테니까요. 그들의 영향력은 어디까지 뻗어나갈까요? 혹시 일부 사람들이 두려워하는 것처럼 세계를 카스트 제도화하여 세계의 극소수 지배계층의 자리를 그들이 차지할 수도 있지 않나요?

홍 돈은 "모든 것의 답"일 수가 있는 대신에 무서운 파괴력도 갖고 있습니다. 몇 년 전 1960년대 가수이자 70대 후반의 유대인 작사가에게 노벨문학상을 무리하게 수여하도록 작전을 짠 게 바로 그런 케이스에 해당됩니다. 이는 모든 문학인을 한순간에 적으로 만들 수도 있습니다. 오만함의 극치인 이런 행위가 반복되면 "역사는 반복된다"라는 말이 우리에게 다시 찾아올 가능성이 전혀 없는 건 아닙니다. 유대인이 가슴 깊이 새겨둘 경구입니다.

제3부

미국과 중국의 '무역전쟁', 그 사이 한국의 선택은?

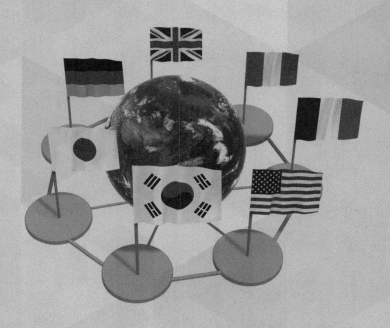

프롤로그

　김 교수와 만나 장시간의 대화를 나눈 후 거의 2주 동안 국립도서관에서 낮 시간의 대부분을 보냈다. 김 교수와의 대화 내용을 혹시 소설의 소재로 이용할 수 있을지도 몰라서 기억나는 대로 메모해두자는 목적도 있었고, 그와의 대화 내용 중 생소한 부분에 관한 자료를 찾아보고 싶어서였다. 거기다가 국립도서관 내의 느긋한 분위기도 마음에 들었고, 구내식당의 4천 원짜리 점심식사가 어느 고급식당의 음식보다 훌륭했다는 사실도 한몫 했다.

　그러나 2주가 끝날 무렵, 김 교수와의 대화 메모가 대충 정리되어 처음부터 끝까지 단숨에 읽어보고 나니 그냥 내 개인적인 메모로 남기기에는 좀 아쉬운 느낌이 들었다. 대화 내용의 많은 부분이 요즘 젊은이들이 세상을 살아나가기에 필요한 상식을 담고 있다는 생각이 들었기 때문이었다. 작은 책자라도 만들어 우리의 미래를 짊어지고 나갈 젊은이들에게 김 교수와의 대화 내용을 알려주고 싶었다.

그래서 경제학자인 김 교수와는 전공분야가 다른 학자를 찾아서, 주제 범위를 좀 넓혀서 대화함으로써 논의를 확대하고자 했다.

그 결과로 나와 동년배이자 경제학과 사회학을 전공하고, 특히 중국 쪽 사정에 밝은 이 교수를 만나게 되었다. 여기에 실린 제3~4부는 이 교수와 나눈 대화 내용이다.

참고로, 이 교수는 현재 1년의 한 학기는 몽고의 국립대학교에서 한국의 경제성장 과정에 대해 강의를 하고 있다. 중국 경제의 전망에 대해 드물게 낙관적으로만 보지 않는 그는 북한의 지도력에 대해서도 다소 비판적인 편에 속했다.

세계의 리더십,
그 자격은 미국 또는 중국?

홍 참으로 역사란 예측불허입니다. 제2차 세계대전 후
    세계는 냉전시대를 맞이했고, 그 후 45년 동안 미국
    과 소련이 자본주의와 공산주의의 양 진영을 리드하
    는 이른바 양극체제(Bi-Polar System)하에서 움직여왔
    습니다. 그러다 1991년 구소련의 몰락으로 세계의
    헤게모니 판도는 미국을 정점으로 하는 이른바 단극
    체제(Uni-Polar System)로 재편되지 않았습니까? 이 단
    극체제가 언제까지 갈까요?

이 글쎄요······. 지난 2010년경부터는 중국이 일본을 제
    치고 제2의 경제대국으로 부상하면서 미국의 헤게모
    니에 도전하는 형국에 이르렀습니다. 그러니까 구소
    련이 몰락한 지 사반세기가 좀 지난 시점입니다.

홍 중국의 도전은 어떤 형태였나요?

이 중국은 '일대일로(One belt, One road)'라는 명칭을 붙
   인 영향력 확장 정책을 내세우거나, '중국 제조 2025
   (Made in China 2025)'라는 국가 미래 청사진을 공개함
   으로써, 그들이 미국과의 헤게모니 쟁탈전에 뛰어든
   다는 의도를 숨기지 않았습니다.

홍 실제로 중국이 미국과의 헤게모니 쟁탈전에 뛰어들
   만한 힘이 있는 것입니까? 아니면 구소련이 미국에
   그랬던 것처럼, 이른바 전문가들의 잘못된 조언에 의
   해서 그런 것입니까? 아시다시피 1980년대 초반까지
   만 해도 많은 학자들이 구소련을 '일어서는 세력'으
   로, 미국을 '폐퇴하는 세력'으로 규정지었지 않았습
   니까?

이 사실 1989년 말 베를린 장벽이 무너질 때까지, 사회
   학 분야에서는 이른바 카를 마르크스가 사용한 '역사
   주의(historicism)', 이것이 꽤나 유행어가 되어 있었어
   요.

홍 그 단어는 무슨 의미를 담고 있습니까?

이 간단히 설명하면 세계의 공산주의화가 역사의 필연
   성이라는 거지요. 여기에 맞서 영국 학자 칼 포퍼가
   『역사주의의 빈곤(The Poverty of Historicism)』이라는 책

을 출간하여 그 이론을 반박했습니다.

홍 그것의 핵심 반박론은 어떤 것이었나요?

이 바로 '점진적 사회공학(piecemeal social engineering)'입니다. 마치 결함이 있는 기계를 기술자가 고치고 개선해서 더 나은 기계로 만들듯이, 사회 역시 가지고 있는 문제점 등을 자유로운 비판과 토론을 통해 조금씩 개선해가며 보다 나은 사회를 만들어나가야 한다는 거지요.

홍 아이를 키우는 데 그 논리가 적용될 수 있다는 느낌이 문득 듭니다. 부모들이 아이의 장래를 정할 수는 없고, 자라는 과정을 보면서 그때그때 조금씩 영향을 끼칠 수만 있다는 거요……. 여하튼 그건 그렇고, 중국이 미국과 헤게모니 쟁탈전을 치를 만한 힘이 있나요?

이 충분한 힘이 있는지는 모르지만 중국이 미국에 대해 도전장을 낸 것은 분명합니다. 그 도전장이 말씀드린 대로 '일대일로'와 '중국 제조 2025'이지요.

홍 이 시점에서 미국과 중국 중 누가 세계의 지도국으로서 더 적합한지를 따져보는 것도 의의가 있지 않을까요?

이 미국이 압도적인 지지를 받을 것이라는 데는 별 이의

가 없을 겁니다.

홍 세계가 보편적으로 미국의 리더십을 받아들이는 이
    유가 뭘까요?

이 세 가지 이유를 들 수 있습니다. 첫째, 미국은 이민
    국가로서 백인이 55% 정도이고, 아프리카계와 히스
    패닉계를 합하면 약 40%이며, 아시아계가 5% 정도
    로 이루어져 있습니다. 그리고 백인 이민자의 많은
    부분이 자기 조국에서 정치적 · 경제적 · 종교적으로
    핍박을 받은 적이 있는 조상을 둔 사람들로 구성되어
    있습니다. 그래서 이들은 약자에 동정적이고 강자에
    게는 저항하는 경향이 있습니다.

홍 그것이 바로, 과거 인류 역사에서는 그 유례를 찾아
    볼 수 없는 '계급이 없는 중산층 사회'의 토대가 되었
    다고 봐도 되겠군요.

이 그렇습니다. 그런 평등사상이 바로 미국이 지도국이
    되어야 하는 두 번째 이유가 되는데요……. 미국은
    인류 역사에 등장했던 그 어떤 민주주의 사회보다 더
    '열린 사회(open society)'라는 겁니다. 평등사상이 없
    이는 '열린 사회'란 불가능하지요. 미국이 구소련에
    이긴 이유는 평등사상을 바탕으로 한 '열린 사회'였기
    때문이라는 거예요.

홍 그래서 이런 미국에서 21세기 초에 '구글' 같은 기업이 탄생했던 거군요.

이 구글의 모토가 뭔지 들어보셨나요?

홍 아니요. 그게 뭔가요?

이 바로 '정보에 대한 보편적 접근(Universal Access of Information)'입니다. 일국의 대통령이나 일개 대학생이 똑같이 중요한 정보를 공유할 수 있다는 발상입니다. 이것이야말로 세상을 영원히 바꾸어놓은 셈이지요.

홍 좀 과장한다면, 이제는 이 회사의 모토가 전 세계인의 권리장전으로 자리잡게 되었다고 할 수 있습니다. 그럼 셋째 이유는 뭔가요?

이 요즘 와서는 미국의 언론기관이 너무 상업적이거나 편파적이거나 때로는 선정적이라는 비판이 있긴 하지만, 그래도 지구상에서 가장 공평하고 정의롭다고 볼 수 있다는 겁니다. 지금은 소유주가 기업인으로 바뀌어 공정성이 많이 퇴색되었지만, 원래의 미국 주요 언론사의 소유주는 주로 유대인으로서, 어떤 인종보다 역사를 통해 핍박을 많이 받았기에 인종 · 민족 · 종교 · 이념을 초월해서 권력에 저항하는 용기가 있었다는 겁니다. 1960년대의 《뉴욕타임스》

와 《워싱턴포스트》의 베트남 전쟁 반대 논조가 좋은 예이지요.

홍 이 교수의 주장에 특히 반대할 의향은 없습니다. 하지만 미국의 그런 위대한 언론인의 후배들이 이제는 장사꾼 소유주의 눈치를 보게 된 것은 참으로 안타까운 일입니다. 그건 그 정도로 해두고요. 그럼 이제 중국이 세계의 지도국이 되기에는 부족한 점을 말씀해주실까요?

이 세 가지를 들겠습니다. 첫째로는 중국이 세계의 지도국이 되면 일인당 국민소득이 낮기 때문에 지나치게 강자 일방주의로 흐를 가능성이 크다는 겁니다. 중국의 인구는 세계 인구의 5분의 1인 14억 명 정도로, 92%가 한족이고 나머지 8%가 50개의 소수민족으로 이루어져 있습니다. 만약 중국이 세계의 지도자가 된다면 세계 인구의 5분의 1인 가난한 한족이 나머지 5분의 4의 세계 인구를 지배하는 격인데, 이 비율이 다른 세계인에게는 너무 부담스럽다는 겁니다.

홍 미국은 세계인에게 덜 부담스럽나요?

김 반면에 미국의 인구는 3억 5천 명 정도로 중국 인구 수에 비해 덜 부담스럽고, 인구 수뿐만 아니라 미국은 여러 민족이 뒤섞여 있는데 백인의 숫자는 인구의 반밖에 안 되므로 압도적인 한족과는 뚜렷한 차이점을 보입니다.

홍 그럼 두 번째 이유는 뭔가요?

이 바로 중국의 일당 독재 정치체제는 중국이 세계 지도국가로서의 자격을 갖추는 데 치명적인 약점이 된다는 거지요. 중국의 지도자는 보통선거로 선출되지 않습니다. 조금이라도 지각이 있는 국민들이라면 한 국가에서도 일당독재의 간접선거를 인정하지 않는데, 하물며 전 세계인들이 어떻게 그것을 받아들일 수가 있겠습니까?

홍 설득력이 있는 주장입니다.

이 세 번째로는 중국인들의 가슴속 깊이 '감추고 있는 복수심(hidden vengeance)'이 세계의 지도국이 되는 데 결격사유로 작용할 수도 있다는 거지요. 지도자는 지도를 받는 부류에게 어떠한 복수심도 품어서는 안 된다는 것은 상식입니다.

홍 중국의 그 '감추고 있는 복수심'이란 정확히 무엇을 의미하나요?

이 그 복수심은 이른바 '100년간의 수모(100 years of humiliation)'에서 유래됩니다. 1842년의 제1차 아편전쟁을 시작으로 하여, 제2차 아편전쟁, 1931년의 만주

사변, 1938년의 난징 대학살 사건을 거쳐 1949년 드디어 마오쩌둥의 중국이 건립되기까지, 정확히 107년 동안 중국이 서강 열국과 일본에게 잔인한 수모를 당했지요.

홍 그러한 '숨겨진 복수심'은 영원히 잊을 수 없는 것은 아니지 않습니까? 그렇다고 단순히 의지나 세월의 흐름만으로 지울 수 있는 것도 아니지만 말이지요.

이 문제는 인간의 본성입니다. 강한 자가 되면 그러한 복수심이 살아나기가 쉽다는 거지요. 그렇다고 직접 복수를 하는 것은 아닐지라도 적어도 불평등한 관계를 쉽게 정당화할 수 있다는 거예요.

홍 그럼 중국의 지도력은 세계가 언제쯤 받아들일 수 있나요?

이 일정 기간, 적어도 2세대 동안, 그러니까 약 50여 년 동안의 경제적인 풍요로움과 정치적 자유의 관대함을 경험하는 것이 무엇보다 필요하다고 봅니다. 이 50년 동안 중국이 세계 경제대국으로서의 풍요로움과 관대함을 경험하고 익힌다면, 그 다음에는 중국이 세계의 지도국이 되는 데 손색이 없을 겁니다.

홍 그러면 미국의 세계 지도국으로서의 지위는 앞으로 최소 반세기 동안 유지될 수도 있다는 지적이군요.

그렇다면 한국과 미국의 관계는 이 시점에서 더욱 중요하게 느껴집니다.

한국과 미국의 특수 관계

홍 한국과 미국의 역사적 관계는 세계 어느 나라들 간의 관계와 비교해보더라도 특이하다 할 수 있지 않습니까? 그 특이한 점이 여러 가지가 있겠지만 중요한 몇 가지를 열거하면 어떤 게 있을까요?

이 대개 네다섯 가지로 한국과 미국의 관계를 특정지을 수 있다고 봅니다. 마침 몽골 대학에서 강의한 내용 중 비슷한 것이 있어 저로서는 답하기에 용이한 질문이군요.

홍 그럼 잘됐습니다. 저에게 몽골의 대학 강의실에서 강의한다고 생각하시고 말씀해주시지요. 일단 강의가 끝날 때까지 경청만 하겠습니다.

이 좋습니다. 하지만 언제라도 제 말을 끊어도 좋습니

다. 먼저 다섯 가지의 제목부터 말씀드리지요. 적개심의 결핍, 역사적 관계, 종교적 관계, 경제적 관계, 군사적 관계가 그 다섯 가지입니다.

첫 번째, 적개심의 결핍에 대해서 말해보지요. 잘 아시다시피, 일본이 미국에 무조건 항복함으로써 36년간 일본의 식민통치 아래 있었던 한국은 광복을 맞이하게 되었습니다. 한국은 태평양 연안의 다른 나라와 달리, 한 번도 미국은 물론 서양 어느 나라와도 식민지 관계에 있었거나 적대관계에 있었던 적이 없는 극소수의 국가 중의 하나입니다. 식민지 지배를 경험하게 되면, 피지배 국민이 지배국에 대해 어느 정도의 적개심을 품게 되어 있습니다.

지배국이 서양 선진국인 경우, 사실 일본을 제외하면 지배국 전부가 서양 선진국이었습니다만, 나라는 다르더라도 피지배국 국민 입장에서는 똑같은 서양 지배국으로 간주될 수 있습니다. 그런 이유 때문에 영국의 지배를 받은 인도나, 네덜란드의 지배를 받은 인도네시아는 같은 서양인 미국에 대해서도 어느 정도의 적개심을 품고 있을 수 있습니다. 그러나 한국은 서양 어느 나라의 지배를 받은 적이 없었습니다. 한국이 지배를 받았거나 국가적 수모를 당했다면, 그

것은 인접국인 중국과 일본에 의한 것이었습니다.

두 번째, 역사적 관계에 대해서 풀어보지요. 한국의 주변 강국인 일본·러시아·중국은 과거 한때 미국과 대치 상황에 놓여 있었습니다. 일본은 제2차 세계대전에서 미국의 적국이었고, 러시아는 냉전시대 동안 공산진영을 이끌며 미국과 극심한 대치 상황에 있었고, 중국은 1950년대 초 한반도 전쟁터에서 미국과 충돌했었습니다. 현재 일본은 미국의 동맹국입니다. 하지만 이유가 어떻든간에 제2차 세계대전 말에 미국이 일본에 원자탄을 투하했다는 사실은 일본인의 기억에서 쉽게 지워질 성질의 것이 아닙니다.

반면 한국은 미국의 도움을 받아 해방이 되었습니다. 해방 당시에는 세계 최빈국의 하나였는데 2018년에는 총 GDP 세계 11위의 경제대국으로 성장하게 된 것은 미국과의 친선관계의 바탕 위에서 이루어졌다고 볼 수 있습니다. 이 점에 대해 한국민은 미국에 대해 고마움과 친근감을 품고 있지요.

세 번째, 종교적 관계에 대해서 살펴보지요. 인간이 다른 동물과 다른 점은 종교를 가졌다는 것입니다. 그리고 인간의 종교는 인간행위의 거의 대부분을 지배합니다. 유교·불교·기독교·이슬람교·힌

두교 · 유대교 중에 한국 국민은 유교 · 불교 · 기독교를 주된 종교로 받아들였지요. 2018년 한 기관의 발표에 의하면, 인구 5천여 만 명 중 기독교가 1천3백7십만 명(개신교 9백6십만 명, 천주교 3백9십만 명), 불교가 7백6십만 명의 신도를 갖고 있는데, 비교적 균형을 갖추고 있는 세계 유일의 국가입니다.

특이한 점은 세 종교가 경배 장소에서 구별되는데, 유교의 제사는 주로 가정에서, 불교의 참선은 주로 심산유곡 절에서, 그리고 기독교의 기도는 주로 도시 성전에서 이루어졌습니다. 특히 한국의 기독교는 새벽기도와 해외전도 등 그 믿음의 열의와 적극성에 있어서는 타의추종을 불허할 정도입니다. 그 주된 원인은 아마 서양인의 핍박을 받은 적이 없는 한국인에게, 기독교는 서양인의 종교로서 합리적이라는 믿음이 큰 역할을 했을 겁니다.

『유토피아』의 영국인 저자는 '신에 대한 공포(fear of God)'가 '이상향'을 유지할 수 있는 근원적인 힘이라고 했습니다. 또한 러시아의 한 문호는 "신이 없다면, 나쁜 의미에서 인간에게는 무엇이든 가능하다"라는 말로 기독교의 필요성을 주장했습니다. 미국은 대통령 취임선서와 법정증언을 바이블로 하는 전통을 지킬 정도로 독실한 기독교 국가입니다. 이런 기독교 전통의 미국 사회가 다소 해이해지는 경향을 보였으나, 트럼프 집권하에서는 내각회의를 기도로 시작할 정도로 그 원상이 회복되고 있습니다.

한국과 미국 두 나라가 기독교 국가라는 점에서 두 국가 간의 유대관계는 동맹관계를 초월해 정신적인 면에 그 기반을 두고 있다고 할 수 있는데, 이 점이 동아시아의 다른 국가들과는 뚜렷하게 구별됩니다.

네 번째, 경제적 관계에 대해서 말해보지요. 한국의 경제는 GDP의 절반 정도를 수출에 의존하고 있습니다. 천연자원이 빈약하고 뚜렷한 관광자원도 없는 한국으로서는 제조업 부분의 수출의 중요성이 주변국의 어느 나라보다 큽니다. 주로 미국이 한국의 주요 시장 역할을 해왔는데, 그 과정이 한국의 경제발전에 결정적인 역할을 했다고 할 수 있습니다. 2017년에 와서는 중국이 한국 수출의 26%, 미국이 23%로 1, 2위를 차지하고 있는데, 대중국 수출에서 큰 비중을 차지하고 있는 분야가 반도체, 석유화학제품 등 반제품이라는 면과 반제품의 최종 귀착지가 중국이 아닐 수 있다는 면에서 순위는 별 의미가 없습니다.

제품무역 이외 서비스 부분에서 한국과 미국의 관계

는 역내 주변국인 일본과 중국과는 구별되는 특이한 점이 있습니다. 영화나 서비스업 등 미국이 뚜렷한 비교우위를 가진 분야에 대해서는 한국 시장이 공정하게 공개되었다는 사실입니다. 특히 영화 분야에서 한국 관객의 충성도는 다른 나라와 비교가 안 될 정도로 높습니다.

마찬가지로, '방탄소년단' 그룹의 노래가 한국어 가사로 불렸는데도 미국의 '빌보드 차트' 1위를 차지한 것을 보면, 한국과 미국의 대중예술 분야에서의 유대관계는 그 DNA가 거의 같을 정도로 상호 호혜적입니다. 다른 역내 국가와는 완연한 차이를 보입니다.

다섯 번째로, 군사적 관계에 대해서도 살펴보지요. 1950년 '냉전'으로 일컬어지는 미국과 구소련의 대치 상황에서, 한반도에서는 서방진영과 공산진영간의 대리전쟁이 발발했지요. 공산진영에는 북한군과 중국군이 참여했고, 서방진영에는 한국군과 미국군이 주류가 되어 맞섰습니다. 3년간 계속된 이 전쟁에서 미군은 약 5만 명의 사상자를 냈습니다.

그 다음, 1960년 중반에 미국은 "베트남 다음에는 미국의 서해안!"이라는 미국 군산복합체의 잘못된 논리에 현혹되어 베트남 전쟁에 참전하게 되었습니다. 이

전쟁은 예상보다 쉽게 끝나지 않았습니다. "호치민은 미국의 워싱턴과 같다"는 구호 아래 젊은이들이 주도한 반전 캠페인으로 미국의 참전이 어려움을 겪고 있었을 때, 한국은 파병을 하여 5천여 명의 희생을 감수했습니다. 물론 이 파병의 이면에 경제원조를 얻기 위한 용병의 성격이 있긴 했지만, 역사 깊은 미국과의 군사적 유대관계가 없었더라면 파병은 가능하지 않았을 겁니다.

1970년대 말에 한국 내 미군철수 계획이 있었으나 마지막 단계에서 실현되지 않았습니다. 이후 한국정부가 주체적으로 한국 주둔 미군기지를 '평택'으로 모아, 2018년에는 대규모 미군 군사기지가 탄생되었습니다. 해외 주둔 단일 미군기지로서는 세계에서 가장 큰 규모로서 미국의 수도 워싱턴의 중심부와 같은 면적으로 최대 8만 명을 수용할 수 있을 정도의 소도시입니다. 거기다가 이 기지는 핵잠수함의 상주가 가능한 평택항과 대규모 활주로가 있는 군산 공군기지를 지척에 두고 있으므로 명실상부한 육해공 군력을 두루 갖춘 셈이지요. 덧붙여서 멀지 않은 곳에 사드 기지도 배치되고 있고, 남중국해(South China Sea)를 마주보는 제주도의 강정 해군기지도 확장 중에 있습니다.

더군다나 한국이 미군 주둔비의 절반을 분담하는 여건하에서 미군의 한국 주둔에 따른 군사비는 미국 본토에서의 군사비에 못 미친다는 것도 놀라운 점입니다. 이러한 사실은 한국과 미국의 군사적 유대가 오랫동안 유지될 운명일 뿐만 아니라, 한국과 미국 양국에 윈윈 게임으로 작용할 것입니다. 한국으로서는 경제발전에 필요 불가결한 역내 안정을 기할 수 있으며, 미국으로서는 태평양 지역의 군사력을 적은 비용으로 유지할 수 있으니까요.

자, 그럼 이 정도로 하지요. 더하면 홍 선생께서 지루해하실 테니까요.

홍 수고하셨습니다. 많이 배웠습니다. 역시 좋은 강의를 듣는 건 커다란 기쁨이군요⋯⋯. 그런데 한 가지 질문은 꼭 해야겠습니다. 미군이 10년 이내에 한국의 평택기지에서 철수할 가능성은 있다고 봅니까?

이 가능성은 매우 희박합니다. 미국이 동아시아 지역에서 군사적 입지를 확보하는 데 제2차 세계대전 후 70년의 세월이 걸렸습니다. 미국이 때에 따라 어떤 외교적 몸짓은 보일 수는 있지만, 결코 70년의 노력과 희생을 쉽게 포기하지는 않을 겁니다.

홍 그러면 한국 국민이 거국적으로 들고 일어나 평택기
   지의 폐쇄를 주장하지 않는 한 미국이 자의적으로 철
   수하는 일은 없겠군요.

이 그렇다고 봐야지요. 그런 이유 때문에 미국이 자국의
   이익만을 위해, 다른 나라는 몰라도 한국만은 자기
   들 마음 내키는 대로 밀어붙일 수는 없을 겁니다. 또
   한 미군의 평택기지의 군사시설은 첨단화를 멈추지
   않을 것이고, 머지않아 월등한 미국 군사력의 움직일
   수 없는 상징이 될 겁니다. 이런 기술적인 면에서도
   한국은 분명히 수혜자일 겁니다. 거의 모든 민간기업
   의 기술적 혁신은 군사적 목적에서 나오게 되어 있습
   니다.

홍 미군의 평택 군사기지 유지는 필연적으로 중국과의
   대치 상황을 전제로 하는데, 그럼 이제부터 중국에
   관해 이야기할 차례가 된 것 같습니다.

미국과 중국 간의 첨예한 무역전쟁

홍 2018년 말 현재 진행 중인 미국과 중국 간의 이른바
    '무역전쟁(trade war)'은 피할 수 없었나요?

이 2017년 중반에 트럼프가 중국의 미국 '지적 재산
    (intellectual property)'권의 침해에 관하여 미국 무역대
    표부(USTR)에 조사를 지시했고, 동시에 시진핑에게
    전화로 그 사실을 통보했지요. 그때 시진핑은 사태의
    심각성을 즉시 깨달았어야 했습니다.

홍 트럼프의 지시는 어떤 근거하에서 이루어졌나요?

이 1974년에 제정된 '1974 무역법(Trade Act 1974)' 301조
    에 의하면, 무역대표부의 조사에 근거해 미국 지적
    재산권의 침해를 범한 국가로부터 수입되는 상품에
    대해서는 대통령의 행정명령으로 특별관세를 부과할

수 있게 되어 있습니다. 무역대표부의 조사보고서는
2018년 3월에 제출되었습니다.

홍　그래서 2018년 중반에는 미국이 중국 제품에 관세를
부과했고, 중국은 미국 제품에 관세를 부과하는 '팃-
포-탯(tit for tat)' 맞대응 전술을 썼군요.

이　그것은 중국이 범한 중대한 실책이었습니다. 이왕 미
국 무역대표부의 보고서가 나왔으니까, 그런 맞대응
식 반응보다 이 보고서의 내용을 근거로 미국의 관세
부과에 대한 부당성을 WTO에 제소하고, 그 프로세
스를 거치면서 트럼프의 의중에 있는 날카로운 칼날
을 피해야 했었습니다.

홍　트럼프의 날카로운 칼날은 뭐였나요?

이　중국에 대하여 영국·독일·프랑스·일본 등 서방
선진국이 공동전선을 펴는 것이었습니다. 첫 단계로
고부가가치의 중국 첨단 통신관계 제품에 대한 서방
선진국 정부 차원에서의 저항성을 집약하는 것이었
습니다. 그러는 과정에서 중국의 일당독재하의 '비시
장 경제체제'를 서방의 '시장 경제체제'의 '전술적 경
쟁자'로 부각시킬 수 있기를 바랐지요.

홍　트럼프가 그 점에서 성공했나요?

이　완전히 성공했습니다. 트럼프의 관세부과 정책에 대

해 중국이 맞대응 정책으로 대처함으로써 트럼프가 파놓은 함정에 깊숙이 빠졌습니다.

홍 트럼프가 파놓은 함정을 중국은 눈치챌 수 없었나요?

김 저 자신도 이해가 되지 않는 점이 바로 그겁니다. 트럼프가 2016년 미국 대통령 선거 기간 중 끈질기게 주장한 것은 "중국이 미국의 직업을 빼앗아 갔으므로 다시 찾아와야 한다는 것"이었습니다. 하물며 트럼프의 취임사에서도 "'미국 중산층의 부를 빼앗아 세계에 재분배했다"라는 구절이 있을 만큼, 트럼프의 미국의 제조업 재건의지는 확고했습니다.

홍 특히 중국을 타깃으로 한 이유는요?

이 미국 무역적자의 50%는 중국, 유럽연합(EU)과 일본이 각 15% 정도, 나머지 20%가 세계 여러 나라에 분산되어 있습니다. 그러니 주 타깃은 중국인 것이 당연합니다. 더욱 중요한 것이 있는데, 이러한 상황에서 중국이 2015년에 불난 데 기름을 붓는 일을 저질렀습니다.

홍 그것이 뭐지요?

이 2015년 중국은 '중국 제조 2025'라는 거창한 국가의 청사진을 겁없이 대내외에 공표했습니다. 청사진이

라기보다 마르크스와 엥겔스가 작성한 것으로 공산
주의의 바이블 격인 「공산당 선언」에 더 가까운 일종
의 '선언문'이었습니다.

홍 '선언문'이라면 어떤 정치적 의미를 포함하고 있다는
말인데요. 그건 뭐였나요?

이 한마디로 '국가 자본주의(State Capitalism)'의 헤게모
니 쟁탈을 향한 '선언문'으로 볼 수 있습니다. 「공산
당 선언」과 마찬가지 격인 이 21세기판 '국가 자본주
의 선언문'의 실현을 막기 위해서는 '국가 자본주의'
의 종주국인 중국을 서방 선진국 시장으로부터 '분리'
하는 방법밖에 없습니다.

홍 그것이 트럼프가 미끼로 던진 관세부과였고, 트럼프
가 파놓은 함정이란 다름 아닌 '서방 선진국 시장으
로부터 중국을 분리'하는 거군요.

이 그것이 제 사견입니다. 물론 틀릴 수도 있고요. 그러
니까 하나의 추론으로만 받아주시지요.

홍 중국의 '중국 제조 2025' 선언이 그토록 중요한 영향
을 미쳤다고는 생각해본 적이 없습니다. 그 선언의
어떤 점이 미국을 비롯해 서방 선진국을 단결시킬 요
소를 갖고 있었나요?

이 중국이 2015년 '중국 제조 2025'를 발표했을 때, 당시

미국 오바마 정부와 일본 및 서구의 선진국들이 중국의 미래 청사진에 충격을 받은 것은 너무나 당연합니다. 이 중국의 미래 청사진은 바로 중국 시장에 들어오는 제품의 '핵심 부품(core material)' 중에서 2020년까지 40%, 2025년까지 70%를 중국 부품으로 만들어야 한다는 것입니다.

홍 중국 시장에 접근하지 않으면 상관없지 않습니까?

이 세계 인구의 5분의 1인 중국 시장을 무시하고는 글로벌 경쟁에서 살아남기 힘듭니다. 대량생산에서 오는 경제성 때문입니다. 그렇지만 중국에서 핵심부품의 70% 이상을 만들면 자연스레 기술이 중국으로 이전됩니다. 그러면 현재 유지되고 있는 미국이나 서방 선진국의 첨단기술 분야의 영향력은 상실되고, 그 결과 미국을 비롯한 서방 선진국의 미래는 암울함밖에 남지 않게 되어 있습니다.

홍 중국이 그 선언문을 발표했을 때는 오바마 정권 때였는데 오바마 행정부는 어떤 대책을 세웠나요?

이 미국의 오바마 행정부는 중국의 과욕을 꺾는 적극적인 대응책, 예컨대 트럼프의 관세부과 정책 등을 채택하기보다, 중국의 제품을 견제할 방법으로 중국의 수출품을 대체 공급할 수 있는 자유무역지역을 아시아 태평양 주변 국가로 형성하기로 결정했습니다. 이 것이 이른바 미국 · 일본 · 베트남 등 국가가 포함된 'TPP(Trans-Pacific Partnership)' 기구입니다.

홍 하지만 트럼프가 이 기구에서 미국을 탈퇴시킨 후 이 기구의 활동은 지지부진한 상태에 있지 않습니까?

이 그렇습니다. 애초부터 중국의 '중국 제조 2025'에 대 응하는 '오바마' 행정부의 조치는 실로 어리석기 짝이 없는 정책이었습니다. 중국을 제외한 태평양 연안 국 가들과의 'TPP'라는 자유무역권을 형성해 미국의 중 국 의존도를 낮춘다는 발상은 말도 되지 않지요. 그 것은 중국이 공산당 일당, 특히 중국 공산당 정치국 국원 25인과 그중에서도 상임위원 9인의 독재에 의 해 통치되는 국가라는 사실을 망각한 것이었습니다. 중국 주요산업의 60% 이상이 공산당에 의해 간접적 으로 지배된다는 사실을 전혀 고려하지 않은 데서 나 온 정책이었던 것이지요.

홍 중국산업의 지배구조가 'TPP'의 유용성에 어떤 영향 을 미치나요?

이 TPP 회원국 어느 나라도 중국 공산당의 견책을 감수 하면서까지 중국의 대미 수출품을 빼앗아올 배짱이 있는 정부는 없다는 겁니다. 왜냐하면 중국의 지도층은 임기제한이 없는 데 반해 다른 나라의 지도층은 주기적인 선거로 국민의 신임절차를 받아야 하기 때문입니다. 이러한 점에서는 일본마저도 완전히 자유스럽지 않을 겁니다.

홍 구체적으로 예를 들어 설명해주실 수 있겠습니까?

이 예를 들어, 중국의 연간 해외여행자를 중국 인구의 10%인 1억 3천만 명이라고 가정해봅시다. 중국 공산당이 미공개 행정지시를 내려 이 엄청난 중국 여행자에게 어떤 특정한 지역으로는 여행을 가지 말라는 지침을 내린다면, 그 여행금지 대상이 된 나라의 서민 경제는 커다란 타격을 받을 것입니다. 그로 인해 그 나라의 정권이 위태로워질 수도 있습니다.

홍 사드 미사일의 한반도 배치 결정 후 한국에서 일어난 일이 좋은 예가 되겠네요.

이 그렇습니다. 한국 주재 미군의 사드 미사일 배치가 결정되었을 때, 중국은 전 중국의 여행사를 통해 한국방문 여행객 송출을 일시에 금지시켰습니다. 그 결과, 한국에서 여행과 관련된 서비스업에 종사하는 사람들은 졸지에 실업자가 되었고, 여행에 관련된 인프라는 유휴시설로 전락해버렸습니다. 더욱 놀라운 사실을 들자면, 중국 정부는 자신이 이러한 조치를 취했다는 사실을 아직도 부정하고 있다는 점입니다. 게다가 한국 정부가 갖은 아양을 떨게 한 후, 여행객 송출을 '개 길들이기' 식으로 단계적으로 허용하면서 온갖 위세를 떨치고 있다는 것은 놀라운 일입니다.

홍 참으로 개탄할 만한 중국의 정책입니다. 제 개인적으로는 반중 감정을 가져본 적이 없었는데, 이 사건 이후 어쩌면 영원한 반중국 편으로 돌아섰을지도 모르겠습니다.

이 충분히 공감이 됩니다. 다행히 한국은 관광수입에 크게 의존하는 국가가 아니라 다행이었지만, 중국이 한국에 취한 이러한 조치는 특히 관광수입이나 관광업에 종사하는 인구가 많은 국가에게는 치명적일 수 있습니다. 그래서 중국의 노여움을 사면 정권유지에 타격을 받을 수 있다는 중국의 메시지는 한국 케이스를 통해 관광수입이 중요한 국가들에게 분명하고 정확하게 전해졌습니다.

홍 이런 중국의 위협은 세월의 흐름과 함께 기하급수적으로 커지게 되어 있지 않습니까? 세계를 누빈다는 중국 관광객의 숫자는 아직도 전체 인구의 10%에도 못 미친다는 것이니까요.

이 미국 행정부는 이러한 사실을 보고 그냥 넘어갈 바보가 결코 아닙니다. 미국 행정부는 2017년 3월에 이 사항에 관한 보고서를 작성하도록 국방성에 지시했고, 2018년 7월 미국 국방부 장관 이름으로 조사서를 발표했습니다. 약자에 대한 중국의 안하무인격인 힘 자랑을 미국이 세계 만방에 적나라하게 노출시킨 것입니다. 노련한 솜씨로 말이지요.

홍 중국 관광객 숫자뿐만 아니라 중국의 경제규모도 위협적이지 않습니까? 중국의 경제규모가 현재 미국의 70% 수준으로 그 규모 자체만으로도 위력이 있지만, 그것보다는 이 규모의 경제가 중국 공산당 일당에 의해 통제·조정받고 있다는 점이 공포를 불러일으키는 요인이 아닙니까?

이 그런 이유 때문에, 세계 굴지의 기업은 말할 것도 없고 웬만한 나라도 중국의 보복이 두려워서 중국의 횡포에 맞설 수 없게 되어 있습니다. 기업과 나라 모두 서로서로 눈치만 보며 누군가가 먼저 고양이 목에 방울을 달아주기를 바라는 형국이 되었습니다. 결국 경제규모에서 10:7 정도로 앞서는 미국이 앞장서서 나가는 수밖에 없었습니다. 일단 미국이 나서면, 서방 선진국과 일본이 보조를 맞출 것이고, 그 다음에는 중국의 제조업을 대체할 능력을 보유한 중진국이 그

뒤를 따르게 되겠지요.

홍 그럼으로써, 중국의 일당독재 '국가 자본주의'가 구소련의 '공산주의'를 대신하여 민주 자본주의를 대체하는 일이 일어나지 않을 것이라는 거군요.

이 그렇습니다. 만약 미국이 지금 중국 견제에 강력하게 나서지 않는다면, 머지않은 장래에 중국의 경제규모가 미국을 추월할 것입니다. 그리고 그때가 되면, 일당독재 체제와 장기집권을 선호하는 아프리카 국가부터 시작하여, 세계의 많은 저소득 국가들이 중국의 통치방식을 선호하게 되고, 그러면 미국의 영향력은 현저히 줄어들게 될 것입니다.

한반도 사드 배치로 노출된
한·미·중 삼국의 역학관계

홍 한반도의 사드 미사일 배치에 대하여 중국과 미국이
　 보인 두 가지 반응이 다 놀랍더군요. 첫 번째는 중국
　 이 한국에 여행객의 송출을 제한한 것이고, 두 번째
　 는 미국이 국방성을 통해 중국에 보낸 경고입니다.
　 이 교수의 고견을 듣고 싶습니다.

이 먼저 미국 국방성이 발표한 보고서부터 훑어보지요.
　 미국의 국방장관직은 대통령 다음으로 막강한 권력
　 을 가지고 있습니다. 흔히들 말하기를, 서열상으로는
　 국무부 장관이 위에 있기는 하지만 6천 명을 싣는 항
　 공모함 한 척에 주요 국무성 직원을 몽땅 태울 수 있
　 는 힘을 가지고 있다고 하지요.

홍 중국의 한국행 여행객의 제한에 대해 국방장관의 명

의로 중국에 경고를 보낸 건 특별한 의미가 있군요.

이　그렇습니다. 게다가 그 보고서의 작성에 걸린 시간이 1년을 넘었을 정도로 신중에 신중을 기했다는 겁니다. 한마디로 중국의 한국행 여행객 제한을 우방국에 대한 낮은 수준의 공격으로 간주한 겁니다. 앞으로 중국이 다른 나라에 그런 조치를 취하기란 쉽지 않을 겁니다.

홍　중국이 '여행객 제한'이라는 발상을 도대체 어떻게 하게 되었을까요?

이　미국이 즐겨 사용하는 방법을 자기들 딴에는 원용했다는 거지요. 미국의 경제규모는 아시다시피 세계 경제규모의 4분의 1 정도로 미국 시장의 공개를 거부함으로써 상대방에 타격을 주는 방법을 썼어요. 중국의 인구는 세계 인구의 5분의 1 정도로 자기들의 강점인 인구를 무기로 활용한다는 전략이었을 겁니다.

홍　중국의 인구가 미국의 시장만큼 무기로서의 효력이 있을까요?

이　'있다고' 결론을 내린 측은 중국과 미국 양측 모두입니다. 그래서 중국은 여행객 송출을 무기로 이용했고, 미국은 그런 무기의 사용을 좌시하지 않겠다고 경고한 겁니다. 미국으로서도 그 무기의 효력에 두려움을 느꼈을 겁니다.

홍　이젠 이해가 갑니다. 현재는 연간 중국 인구의 10% 에 해당되는 1억 3천만 명 정도의 중국인이 해외여행 을 하는데, 앞으로 세계 수준인 30% 정도에 다다르 면 가공할 정도의 효율적인 무기로 사용될 수도 있다 는 거군요.

이　그렇습니다. 현재도 일본의 홋카이도 스키장의 주요 고객은 중국 남방지역에서 온 중국 관광객입니다. 이 들은 설경을 감상하기 위해 홋카이도를 방문합니다. 이들 중국 관광객이 하루아침에 발길을 끊는다면 일 본 정부도 홋카이도 주민의 불만을 다스리기 힘들 겁 니다.

홍　이해가 갑니다. 그건 그 정도로 됐고…… 이젠 사드 미사일 배치가 한국에 가져온 이득이 진정 무엇인지 궁금해집니다.

이　사실인즉, 2016년 사드와 연관하여 중국이 보인 여 행객 제한이라는 비문명국가적인 반응은 사드 배치 의 원래 목적과는 비교도 되지 않을 정도로 중요한 문제를 한국에 노출시켰습니다.

홍　그게 뭐지요? 여행객 제한이라는 단순하다면 단순한 중국의 정책이 한국에 무슨 중요한 또 다른 이슈를 부각시켰나요?

이 그것은 핵무장 국가인 중국과 대치하여 핵무기가 아닌 어떤 다른 수단으로라도 중국에 최소한의 위협을 가할 수 있는 무기체계의 소유가 우리에게 절실히 필요하다는 것이었습니다.

홍 중국과 같은 대국과 군사적 대치상황에 놓인다는 것을 우리가 상상할 수 있나요? 그렇다고 한국이 중국의 속국처럼 대접받는 것을 인정할 수는 없지만요. 실상인즉, '국민국가'라는 것은 혈연·문화·언어·역사를 공유하는 것 이외에 또 한 가지 공유하는 것이 있다고 얼마 전 들었습니다.

이 그것이 뭐지요?

홍 '인접 국가에 대한 적개심'이라고 했습니다. 세계를 돌아보면 일리가 있는 지적입니다. 국경을 맞대고 있으면 이해가 상충되거나 시기를 할 일이 생기게 마련이니까요.

이 바로 그겁니다. 그래서 한국은 핵보유국인 중국에 대해 최소한의 위협을 줄 수 있는 재래식 무기체계가 필요하다는 겁니다.

홍 그런 무기체계를 사드 배치에서 찾을 수 있다는 건가요?

이 그렇습니다. 그 무기체계를 미군 당국과 우리 군 당
   국이 공동으로 관리하는 것은 아니지만 어느 정도의
   기술과 정보는 결국에 가서는 공유할 수 있으므로 거
   기서 해결의 실마리를 찾을 수 있습니다. 물론 중국
   의 주요 건물과 군사시설의 위치 추적이 사드 시설의
   도움으로 가능하다 하더라도 그런 추적 시설뿐만 아
   니라 그 시설의 도움을 받아 타격을 할 수 있는 미사
   일 계통의 무기체계가 필요하지요.

홍 그건 어떻게 해결합니까?

이 물론 중국의 전 지역을 커버할 수는 없지만, 우리와
   비교적 가까운 베이징과 상하이의 메트로폴리탄 지
   역에 중국의 주요 시설이 집중되어 있기 때문에 생
   각해볼 수 있지요. 머지않은 장래에 우리가 개발하
   게 될 미사일의 사정거리에 있는 곳이면 사드의 위치
   추적 능력의 도움을 받아 중국에 치명적인 타격을 줄
   수 있다고 생각합니다.

홍 사드 시설이 제공하는 정보를 한국이 이용할 수 있다
   는 가정하에서만 가능하지 않습니까? 결국에는 그렇
   게 되리라 믿으시는군요.

이 당연히 그렇게 될 겁니다. 우리 소유의 국토 위에 설
   치되어 있으니까요. 이러한 이유 때문에 비록 한정된

군사력을 갖고도 전면전이 일어나지 않는 경우라면, 충분한 외교적인 힘의 뒷받침이 될 수 있다는 겁니다. 무엇보다 이러한 제한적 군사적 타격 능력은 상대방이 군사력의 위세를 내세워 일방적인 '밀어붙이기'식 외교를 감행하는 것을 사전에 막을 수 있다는 거지요.

홍 너무나 예민한 문제를 공연히 건드리는 결과를 초래하지 않을지 염려됩니다.

이 실상, 과거 동서 대치 상황에서 미국과 구소련간의 핵전쟁을 피할 수 있었던 것은 이유가 있지요. 동서 간 어느 누가 먼저 핵무기를 발사하더라도 쌍방 모두 망할 수밖에 없다는 논리가 받아들여졌기 때문이었습니다. 1960년대 초기에, 이후 국무장관을 지낸 키신저 박사가 이론화한 '상호 취약성(mutual vulnerability)'이라는 게 있지요. 군사력이 우세한 미국이 선제공격을 감행하더라도 소련의 핵탄두 미사일이 최소 서너 개의 미국 메트로폴리탄 지역을 초토화할 수 있고, 이러한 제한적 초토화라 할지라도 미국의 재기는 불가능하다는 것이 그 이론의 핵심이었습니다.

홍 전쟁 발발의 억제책으로 쌍방 모두에게 설득력이 있

군요.

이 그렇습니다. 우리도 중국에 대해 같은 설득력을 사용할 수 있습니다. 중국의 수도 베이징과 상업도시 상하이가 사드의 추적능력의 도움을 받아 재래식 미사일 공격으로 극심한 피해를 당한다면, 막강한 핵 군사력이 있다 하더라도 중국이라는 나라가 온전히 살아남지 못한다는 겁니다. 그만큼 현대의 무기체계는 파괴력 자체도 가공스럽고, 또 현대 도시의 인구 밀집현상이 재래식 파괴력에도 취약하기 때문입니다.

홍 이 점을 중국에 인식시키는 것이 우리 외교의 주된 의무라는 말씀으로 들립니다. 그렇지 않으면 한국은 대국인 중국에 끌려다니다가 어느 시기에 현재의 일인당 소득 차이가 역전되어 한갓 중국의 변방국가로 전락하는 운명에 처하게 될 것이니까요.

이 14억 인구를 통치하려면, 자국민의 불만 때문에 국민소득이 월등한 국가를 변방에 두면 안 되지요. 이 점이 중국과 한국 간 끊임없이 소규모라도 갈등을 겪을 운명에 처할 수밖에 없는 이유입니다. 그래서 한국은 멀리 있는 강대국 미국을 친구로 둘 필요가 있습니다.

중국이 최근 5년간 저지른
중대 실수 6가지

홍   한반도의 사드 배치에 반발하여 자국민의 한국 여행을 제한한 것은 중국이 저지른 실책인데, 이 밖에 2010년대에 저지른 중국의 또 다른 실책은 무엇인가요? 그리고 왜 그런 실책을 저질렀나요?

이   먼저 실책의 배경부터 짚어보지요. 2010년경 중국의 총 GDP는 일본의 총 GDP를 추월하여 미국 다음의 세계 제2위의 경제대국이 되었습니다. 한편 GDP 세계 1위의 미국은 2009년 오바마의 행정부가 들어서면서 2008년 금융위기로부터의 회복에 급급해하고 있었지요. 이때부터 중국은 악수(惡手)를 연거푸 두게 됩니다. 세계 제2의 경제대국인 일본을 추월했다는 자만심과 미국의 불안한 경제상황을 염두에 두고,

188

내친김에 미국도 추월해보자는 야망이 쌍곡선을 그렸기 때문인 것으로 여겨집니다.

홍 2016년에 서울에서 열린 세미나에서 칭화 대학의 한 교수가 2020년경부터 중국이 미국을 경제력에서 추월하리라고 예측한다는 발표를 했다는 기사를 읽은 기억이 납니다.

이 그런 자신감 때문인지 중국은 특히 2013년부터 시작하여 2018년 말까지, 5년간의 짧은 기간 동안 여섯 가지의 치명적인 실수를 저질렀습니다. 중국은 1842년 제1차 아편전쟁을 시작으로 1949년 마오쩌둥의 중국이 탄생되기까지 그들이 일본 및 서방 열강에 당한 온갖 고난을 '100년간의 수모'로서 뼈에 사무치게 기억하고 있습니다. 그런데 중국이 50년도 아니고 단 5년간에 저지른 여섯 가지 실책은 앞으로 '100년간의 수모'에 못지않게 오랫동안 그들의 기억에 남아 있을 것입니다.

홍 그만큼 그들의 실수는 심각한 것이었나요? 그런 심각한 여섯 가지 실책은 무엇인가요?

이 중국에 대항하는 일본과 서방 선진국의 단결된 전선을 불러왔기에 심각한 실책이 아닐 수 없습니다. 그러면 여섯 가지 실수를 일어난 순서대로 설명해보겠습니다.

홍 이 교수의 설명이 끝날 때까지 조용히 듣고 있겠습니다. 이 교수의 말씀에 집중하고 싶습니다.

이 뭐 별로 특별한 집중력을 필요로 하는 것도 아닙니다. 그냥 실제로 일어난 사건을 일어난 순서대로 나열하는 데 지나지 않으니까요.

첫째는 2013년 그들이 남중국해의 공해상에 간척한 '스프래틀리 군도' 건입니다. 주변 국가와의 영유권 문제 외에도 공해상의 항해권 제한 문제로 중국이 미국은 물론 주변국과의 마찰이 불가피하게 되었습니다. 더구나 시진핑이 군사시설을 건설하지 않는다고 미국의 오바마와 한 약속을 깨고 2017년에 활주로를 포함한 군사시설을 구축했지요. 이 중국의 오만함에 세계가 경악했습니다. 뿐만 아니라, 중국이 주장하는 남중국해의 해상영유권을 세계가 인정한다면, 남중국해 해상 면적의 90% 이상을 중국이 점유하게 되므로, 남중국해의 주변 국가로서는 도저히 용납할 수 없는 상황이었습니다.

두 번째는 2015년에 그들의 국가발전 마스터플랜이라고 할 수 있는 '중국 제조 2025'를 발표한 것입니다. 이 정책의 핵심은 반도체·로봇·인공지능을 포

함한 하이테크 분야의 세계적 지도국가 지위를 2025
년까지 중국이 확보하겠다는 것이었습니다. 이것은
바로 천문학적인 숫자인 21조 달러의 국가채무에 시
달리고 있지만, 하이테크 분야만은 지도국가의 지위
를 유지하며 미래에 희망을 거는 미국을 이류 국가로
추락시키겠다는 공언에 다름 아닙니다.

홍 2015년 중국이 '중국 제조 2025'를 발표할 당시는 중
국이 이 세 분야에서 후진성을 탈피하지 못한 상태인
데도 그런 자신감이 있었던 것은 그들 나름대로 근거
가 있었나요?

이 나중에 드러난 일이지만, 필요한 기술을 보유한 기업
을 구입한다든지, 이때까지 하던 식으로, 방대한 중
국 시장의 접근을 빌미로 강제적으로 기술을 내놓게
하는 방법을 구상하고 있었던 것 같습니다. 실제로
2018년에는 중국이 싱가포르 국적의 기업을 통해 미
국의 최첨단 회사를 인수하려다 미국 정부에 의해 실
패한 적이 있습니다.

셋째는 2016년 한국의 사드 배치 때 보인 중국의 조
치입니다. 이 점은 이미 충분히 설명했으니 그냥 넘
어가지요.

넷째는 2018년 초에 중국이 주석의 '3선 연임 제한'

조항을 철폐한 것입니다. 국내 여건이 허락하고 국가 목적 달성에 필요하다면, 시진핑의 영구집권도 가능하게 만들었습니다. 이것은 현명한 중국 지도자인 덩샤오핑이 후손에게 남긴 어록 중 "권력은 소수의 사람에게 장기간 주어지면 안 된다"라는 말에 정면으로 배치되는 조치입니다.

홍 중국 지도층이 왜 그런 영구집권이 가능한 조치를 취했을까요?

이 중국이 과거에 당한 '100년간의 수모'에 대한 복수심이 중국의 이성을 짓누른 것 같습니다.

홍 하기야 이성과 복수심이 죽기살기로 맞붙으면 복수심이 승리자가 될 확률이 높지요.

이 여하튼 2013년부터 2018년까지 최소한 5년간은 중국의 복수심이 중국의 이성을 이긴 것 같습니다. 중국이 2030년경에는 미국을 추월해 세계 제일의 경제 대국이 되겠다는 꿈, 그래서 세계의 헤게모니를 잡고 칭기즈 칸도 달성하지 못한 세계를 신중국 대국의 영향권하에 두겠다는 야욕, 그래서 중국이 일본과 서방 열국에 당한 '100년간의 수모'를 그들에게 되돌려주겠다는 망상에 사로잡혔던 것 같습니다.

홍 한마디로, 중국 지도층은 세계 지식인과 지도층이 뼛

속 깊이 품고 있는 장기 집권자에 대한 의혹 내지 불신과 불안을 전혀 이해하지 못했군요.

이 그뿐만 아닙니다. 한 걸음 더 나아가, 오랜 역사와 문화를 지닌 중국의 문명에 경외심을 품었거나, 어쩌면 그런 중국의 문명이 서양의 정치제도를 개선하거나 대체할 수도 있다고 믿었던 서양의 지도층과 지식인들의 생각을 송두리째 바꿔놓은 계기가 되었습니다. 중국 지도층이 취한 조치에 대해 서양 지식인들은 "카를 마르크스의 적자 격이었던 스탈린의 일인 영구독재가 막을 내린 후, 어디서 갑자기 적자도 아닌 서자가 나타나 카를 마르크스의 전통을 이어받겠다고 설치는 것에 지나지 않는다"고 결론지었을 겁니다. 세계 어느 국가도 시진핑이라는 과대망상증 지도자에게, 현대판 중국 황제에게 조공을 바쳐야 하는 국가로 전락할 수 없다는 것은 너무나 당연한 일이니까요.

홍 중국의 다섯 번째 실책은 뭐지요?

이 다섯 번째는 시진핑의 초청으로 이루어진 북한과 중국 정상 간 만남의 빈도와 시기입니다. 시진핑은 2011년 김정일 사망 후 권력을 잡은 김정은을 2018년까지 6년 동안 한 번도 만나지 않았습니다. 그러다가 2018년에는 2월과 3월, 그리고 6월, 세 번에 걸쳐 공식적인 만남을 가졌습니다. 두 정상 간 만남의 빈도뿐만 아니라 만남의 시기도 의미심장하지요. 2월은 김정은이 유엔의 경제제재에 못 이겨서 완전 비핵화 의사를 표한 후이고, 3월은 미국과의 정상회담 계획이 무르익어갈 때이고, 6월은 북미 간의 정상회담이 있은 지 1주일 만에 일어났습니다.

홍 시진핑이 급하긴 급했던 모양입니다. 6년 동안 만나지 않았다가 반년 동안에 김정은을 세 번에 걸쳐 만났으니까요. 시진핑이 김정은을 뒤에서 조정하려 한다는 것을 트럼프가 모를 리가 없었겠지요?

이 당연하지요. 거기다가 트럼프는 한술 더 떠, 북·중 정상의 만남이 이루어지면 뉴스 카메라 앞에서 김정은이 시진핑에게서 나쁜 영향을 받았으리라는 불쾌감을 여과 없이 드러냈습니다.

홍 트럼프가 이러한 외교상의 결례를 공개적으로 감행한 행동은 다분히 의도적이었다는 겁니까?

이 "웃기지 마라. 북한과 90% 이상의 무역거래를 하면서도 북한을 컨트롤하지 못한다고!"라고 말한 효과를 트럼프는 얻었습니다. 그것을 중국 지도층은 눈치를 챘고, 트럼프가 그전의 미국 대통령과는 확연히 다르다는 것을 드디어 깨달았을 겁니다.

홍 그 후에는 중국이 트럼프를 다르게 대했나요?

이 어물어물하다가 기회를 놓쳤지요. 트럼프의 탄핵 가능성도 있었고, 또 미국 중간선거의 결과도 트럼 프에게 '절반의 성공'에 그쳤기 때문이었습니다. 화 가 난 트럼프는 결국에 가서는 관세 폭탄이라는 카 드를 내놓았지요. 중국을 향해 쳐부숴야 할 적은 아 니더라도, 항상 견제해야 할 '전략적 경쟁자(strategic competitor)'라는 낙인을 찍은 셈이지요. 중국은 트럼 프와 서방 선진국의 시각에서 보는 이미지 면에서는 '비가역적(irreversible)', 곧 돌이킬 수 없는 엄청난 피 해를 당하고만 셈입니다.

여섯 번째는 2018년 340억 달러 상당의 중국 상품에 대한 미국의 25% 관세부과 조치에 맞서 중국이 취 한 맞불놓기 정책입니다. 1974년 카터 시대에 통과 된 '1974 무역법'이 있지요. 이 법의 301조는 미국의 지적 재산의 보호를 다루고 있는데, 그 핵심 내용은 "미국의 지적 재산을 도용한 국가로부터의 수입상품 에 대하여는 대통령이 수입관세를 부과할 수 있다"는 것입니다.

중국은 2001년 WTO에 가입한 후부터 현재까지 자

국 주요 시장에 진출하는 외국기업에 대해 국내기업과의 합작회사 설립을 강요해왔는데, 그것은 외국기업의 지적 재산의 공유를 의미했습니다. 일반적으로 이런 지적 재산의 강제이전은 지적 재산의 도용과 같은 범주에 속한 것으로 간주됩니다.

중국은 '디지털 사이버 절도' 등과는 달리 명확한 '지적 재산의 강제 이전'은 부정할 것이 못 되는데도 불구하고 미국의 첫 번째 500억 달러 상당의 수입품에 대한 관세부과에 1:1로 맞대응했습니다. 이것이 트럼프 행정부에서 중국의 경제에 심한 타격을 입힐 관세대상 품목의 확대로 갈 수 있는 빌미를 제공했습니다.

단순히, 국제관례에 어긋나는 중국 내의 국내법 개정에 원칙적으로 동의하면서 협상과정에서 시간을 끌었더라면, 지금처럼 중국의 패권적 국내정책이 세계에 노출되어 서방 선진국을 비롯한 여러 나라가 중국에 등을 돌리지도 않았을 것입니다. 또한 트럼프도 국민의 지지를 끌어내는 정치적 동력도 얻지 못했을 겁니다.

지금까지 제가 설명드린 중국의 여섯 가지의 실책으

로 인해, 2001년 중국의 WTO 가입시기부터 시작된 16년 동안의 고속 성장세가 꺾일 것이 분명합니다. 중국은 일본이 경험했듯이 짧게는 한 번의 '잃어버린 10년', 길게는 '잃어버린 20년'을 경험할지 모릅니다. 이러한 악몽이 현실화되더라도, 중국은 자업자득으로 받아들여 국내 정치현실을 과감히 재정립하는 방향으로 나가야겠지요. 중국이 WTO에 가입하면서 세계에 암묵적으로 약속한 것은 바로 국내 정치의 민주화와 민간 주도형 시장 경제체제의 확립이었습니다.

한반도 사드 배치를
계기로 보인 중국의 한계

홍 중국의 오만함은 앞으로도 계속될까요? 한국의 사드
   배치에 대한 중국의 보복적 반응은 크든 작든 세계의
   모든 국가에게 경종을 울렸습니다. 중국이 인구를 무
   기로 삼아 다른 나라에 심각한 타격을 줄 수 있다는
   것을 공공연히 보여주었기 때문입니다. 여행객을 위
   한 인프라 투자는 쉽게 전용할 수 없고, 여행객의 대
   체에는 많은 시간이 소요되기 때문입니다.

이 중국의 그러한 오만함에 대하여 미국이 정식으로 엄
   중하게 경고했으니 앞으로는 중국이 조심할 겁니다.
   한 가지 의문이 있습니다. 도대체 중국의 지도층으로
   하여금 그런 무모한 오만함을 갖게 한 근원이 무엇인
   지 궁금해집니다. 제가 아는 중국의 지도층은 그런

수준이 결코 아닙니다.

홍 문학을 하는 제가 주제넘게 답할 처지는 아니지만,
얼마 전 미국 사정에 정통한 어느 교수한테서 들은
말이 있는데 그의 말을 그냥 전할 수는 있습니다.

이 그렇게 해주시면 고맙겠습니다.

홍 대략 이렇게 정리할 수 있을 것 같습니다.

"그러한 오만함은 하루아침에 이루어지지 않았다. 적
어도 지난 10년간, 그러니까 2008년부터 2018년까
지, 끊임없이 일어났다. 2008년이면 공교롭게도 '서
브프라임 모기지론'으로 인한 미국의 경제위기가 일
어났던 해인데, 아마 그때 드러난 미국 경제의 취약
성과 미국 정치지도층의 빈약한 지도력이 중국을 그
토록 오만하게 만든 핵심 이유일 것이다. 오바마 행
정부는 미국 중산층을 몰락시킨 수많은 범죄자 금융
인을 한 사람도 감옥에 보내지도 않았고, 부당이득을
환수하지도 않았다."

"오바마는 '금권주의자' 그룹의 주류 언론을 포함한
막강한 조직력과 금권을 배경으로 대통령에 당선된
한갓 이상주의자에 불과하다. 그는 대통령 출마를 선
언하기까지 상원의원 생활 2년과 '동네 조직책' 활동
을 제외한다면, 정규 직업을 가진 적이 없었던 이상

주의자였다. 그런 그가 민주당의 대통령 후보가 된 것은 막강해진 금권주의자들이 이제는 자기들 입맛에 딱 들어맞는 대통령을 선출할 때가 되었다고 판단했기 때문이었다. 참고로, 그들의 막강한 부는 1998년의 '아시아 금융위기'와 2008년의 '미국 금융위기'를 통해 기하급수적으로 늘어났다."

"금권주의자들이 선출한 오바마는 금권주의자들에게 톡톡한 값어치를 했다. 가족의 미래나 가정의 미래를 파괴했다는 점에서 흉악 범죄를 저지른 금권주의자들에게, 국가의 부채인 '구제금융(bail out)' 돈을 제공함으로써 벌금 한 푼 내지 않아도 되는 면죄부를 주었던 것이다. 참고로, 미국 금융위기 과정에서 폭리를 취한 무리들은 2008년 금융위기 후 감옥에 가지 않기 위해, 그들이 취한 폭리의 대부분을 내놓을 자세가 되어 있었다."

"강한 노조나 언론이 제 기능을 충분히 발휘했다면 도저히 일어날 수 없던 일인데, 레이건 이래 노조는 약해져 거의 힘을 발휘하지 못하게 되었고, 오바마가 취임할 쯤에는 주요 언론의 대부분은 금권주의자들이 이미 장악하고 있었다."

"2009년 1월에 시작된 오바마 정부는 2017년 1월 끝나고, 오바마 다음 대통령의 8년 재임기간이 끝나는 시기가 공교롭게도 2025년이다. 오바마 다음 대통령도 금권주의자들이 선택한 후보인 힐러리 클린턴이 당선되리라는 확신을 중국 지도층을 비롯한 많은 부류들이 갖게 되었을 것이다. 참고로, 2016년 말 선거 결과가 나오기까지 트럼프의 승리를 예측한 전문가는 10%도 되지 않았다."

"그래서 2009년부터 2025년까지 오바마와 클린턴의 16년 재임기간 동안, 중국의 지도층은 헤게모니를 잡기로 작정했다. 그리하여 2013년 시진핑을 내세워 장기집권을 계획하면서 2025년에는 중국이 헤게모니를 쥐겠다는 공식 선언 '중국 제조 2025년'을 대내외에 공표했던 것이다."

"중국의 이 선언에 대하여 미국 조야의 극렬한 저항이 있고, 중국에 대한 경계심이 확산된다 하더라도 그 세력들이 중국에 대항하는 공동전선을 펼쳐질 가능성은 아주 희박하다고 중국 지도층은 확신했었을 것이다. 그 이유는 미국과 서방 선진국의 주요 언론 기관을 통제하는 세력이 금권주의자들 집단이고, 그 집단은 중국의 '헤게모니' 쟁탈을 저항 없이 받아들일 것이라는 믿음이 있었기 때문이다."

"금권주의자들은 1990년대 후반 아시아의 금융시장에 투기성 자본을 침투함으로써 큰 부를 쌓았고, 10여 년 후에는 미국의 주택담보대출 시장을 공격하여 그들의 부는 기하급수적으로 부풀었다. 이제 그들이 폭리를 취할 수 있는 남은 수단은 연 7% 수준으로 급성장하는 중국 시장에 장기 투자를 하는 것밖에 없게 되었다. 투기성 단기 자금은 중국 정부에서 허용치 않을 것이기 때문이다. 이러한 이유 때문에 '중국 제조 2025' 같은 중국의 오만한 정책에 대해 선진 자본국이 공동전선을 만들 가능성이 희박하다고 오판했던 것이다."

대개 이런 내용입니다. 도움이 되었는지 모르겠군요.

이　아주 설득력이 있는 추론입니다. 그 추론으로 일부 미국 금융자본가들과 중국 정부의 유착관계도 설명이 되는군요.

홍　사실 그러한 일부 미국 금융자본가들에 대해 이미 20여 년 전에 혹독한 비난을 가한 천재적 예술가가 있습니다.

이　그게 누군지요? 너무 놀랍습니다.

홍　1994년 아카데미 작품상을 수상한 〈쉰들러 리스트〉를 감독한 '스필버그'입니다. 영화 속에서 게토의 독일군 유대인 군속이 뇌물을 챙기는 장면을 한 번도 아니고 세 번이나 연달아 보여줍니다. 첫 번째는 쉰들러의 라이터, 두 번째는 쉰들러의 담배 케이스, 세 번째는 쉰들러의 손목시계였습니다.

이 동족의 고통에는 아랑곳하지 않고 자신의 이익만 챙기는 부류들을 비유하는 거군요.

홍 그렇습니다. 그들이 중국을 통하여, 그리고 중국을 도우면서 부를 쌓는 것은 떳떳하지 못합니다. 미국이라는 나라는 그들의 무한한 가능성을 실현하게 했던 모체이고, 중국은 그런 미국에게 가상의 적이 될 수 있으니까요.

제4부

미·중 간의 '경제전쟁'과
한반도 비핵화의 길

'중국 제조 2025'가 한국에 미친 영향

홍 중국의 '중국 제조 2025' 선언에 대한 미국의 반응은
충분히 설명했으나 막상 그것이 한국에 미치는 영향
에 대해서는 말씀하지 않았네요.

이 세계에서 가장 치명적인 피해를 입을 나라는 바로 한
국이었습니다. 한국은 반도체 산업이 이끄는 경제구
조로 짜여져 있으니까요. 2015년 중국이 '중국 제조
2025' 정책을 발표한 순간, 한국의 삼성전자와 현대
자동차, 더 나아가 한국 경제의 운명은 정해졌다고
봐도 됩니다. 2025년에 가서 한국은 한국 경제를 이
끌고 있는 삼성의 반도체, 현대의 자동차엔진 등의
첨단기술을 중국에게 넘기고, 미래 어느 한 시점에는
결국 중국의 변방국가로 전락하게 되어 있었습니다.

홍 중국의 '중국 제조 2025' 정책이 한국을 타깃으로 한 것은 아니잖습니까?

이 세계의 선진국, 특히 첨단기술 산업에 의존하는 국가가 목표였습니다. 그 첫 희생자는 한국일 텐데, 한국은 참 운이 좋은 나라입니다. 생각지도 못했던 트럼프가 대통령에 당선되어 '중국 제조 2025'에 급브레이크를 걸었습니다.

홍 삼성이나 현대가 중국 시장을 멀리하면 문제가 없지 않습니까?

이 그러면 삼성 · 현대 모두 글로벌 경쟁력을 잃게 됩니다. 미국의 주요 첨단 기업도 사정은 마찬가지입니다. 예컨대 퀄컴(Qualcomm)의 외형 65%, 마이크론(Micron)의 외형 55%, 인텔(Intel)의 외형 40%, 보잉(Boeing)의 외형의 25% 정도가 현재 중국 시장에서 나옵니다.

홍 시장의 힘이란 무섭군요. 게다가 한국은 미국과는 달리 중국 의존도가 엄청나지 않습니까? 특히 무역규모나 무역흑자 면에서 그렇지 않나요?

이 한국의 최대 무역국은 중국이고 흑자도 마찬가지입니다. 그런 사정이니, 삼성전자나 현대자동차가 기술 이전이 싫다고 중국 시장을 멀리한다 해도, 중국

은 한국 정부에 보이지 않는 압력을 가해 기술 이전
을 받아낼 겁니다. 사드의 한반도 배치 결정 때, 중
국 정부가 롯데 기업에 가한 압력을 감안한다면 충분
히 예측 가능한 경우입니다.

홍 중국 정부가 롯데에 어떤 조치를 취했습니까?

이 롯데 소유의 골프장을 사드 설치 장소로 제공했다는
이유를 들어 중국 내 롯데백화점의 문을 닫게 했었지
요. 그것도 유치하게 사소한 소방법 위반을 내세워서
요. 롯데는 어쨌든 이유라도 있었지만, 현대자동차는
그냥 도매금으로 더 험하게 당했어요. 현대자동차에
부품을 공급하는 중국 부품공장이 자금 부족 상황이
라서 부품을 공급할 수 없다는 말도 안 되는 이유를
내걸었지요.

홍 한마디로 중국이 한국을 우습게 보고 있군요. 서방
선진국이라면 그러지 못했을 거 아닙니까?

이 한국 정부가 때로는 너무 저자세라 좀 심하게 나왔을
수도 있기도 하지만, 중국의 오만함은 한국에만 국한
된 것은 아닙니다. 불행히도 한국이 멋모르고 순진하
게 덤볐다가 쉽게 걸려든 셈이지요. 중국 정부가 남
중국해 공해상에 인공섬도 당당하게 만들지 않았습
니까? 한마디로 인구가 많고 돈도 많고, 이 모든 것

을 다 통제하고 있으니 한 번 멋대로 힘자랑을 해보겠다는 거였지요. 이런 마당에 한국이라는 작은 나라가 그들의 눈에 제대로 보이기라도 했는지 모르겠습니다.

홍 그러면 중국이라는 나라는 공산당이라는 지휘탑의 지시에 일사분란하게 움직이는 기업과 다를 바가 없군요.

이 맞는 말입니다. 한마디로 중국이라는 나라는 중국 대륙을 소유하고 있고 직원 14억 명을 거느린 거대한 기업으로 봐야 합니다. 그리고 그 기업의 관리층으로 중국 공산당이 있고, 또 그 기업의 이사회 격으로 중국 공산당의 정치국과 25명의 정치국원이 있고, 이사회의 상임이사 격으로 9명의 상임정치국원이 있는 셈이지요. 이러한 거대 기업을 누가 감히 건드리려고 하겠느냐! 아마 이런 게 중국 지도층의 오만한 정신 상태였을지도 모르겠습니다.

홍 사반세기 전에 미국이 앞장서서 중국을 세계 무대에 데뷔시키지 않았습니까? 미국도 어떤 기대가 있었기 때문이 아니었을까요?

이 중국은 2001년 민간기업의 이윤추구를 기반으로 운영되는 시장 경제를 운영한다는 묵시적 조건하에 WTO에 가입되었습니다. 하지만 2018년 현재까지 18년 동안, 정치권력을 잡고 있는 공산당이 직·간접적으로 경제를 통제하고 있는 겁니다. 그런데 2015년에 발표된 '중국 제조 2025' 정책은 원래의 WTO 가입조건인 시장 경제 원칙에서 더 멀어지는 셈이지요. 오히려 현재까지 운영되어온 '정경일체'의 국가 자본주의 제도를 이제는 공식적으로 더 강화하겠다는 의지의 표현이라 할 수 있습니다.

북한의 비핵화 가능성과
미·중·러 간의 이해관계

홍　자, 이제는 한반도의 북쪽으로 올라가볼까요? 경제
　　규모로만 따지면, 남한에 비해 북한의 일인당 소득은
　　20분의 1이고 인구도 남한의 반 정도에 불과하지요.
　　그러니까 북한의 경제규모는 기껏해야 남한의 40분
　　의 1밖에 안 됩니다. 대구시와 근처에 위치한 두서너
　　개의 공업단지를 합친 거라 보면 되겠군요.

이　좋은 비유네요. 하지만 경제규모와 상관없이 북한은
　　세 가지 중요성을 갖고 있어요. 첫째 북한은 중국과
　　러시아와 미국 사이에 완충지대 역할을 한다는 지정
　　학적 중요성을 갖고 있지요. 둘째 북한은 재래식 무
　　기만 가지고도 남한을 초토화시킬 수 있을 만큼 남한
　　과 인접해 있다는 것이고, 셋째 대량 살상무기인 핵

무기와 미사일을 보유하고 있다는 거지요.

홍 북한의 핵무기와 미사일 개발은 김정은과 불가분의 관계가 있는 듯한데, 그는 어떤 인물입니까?

이 김정은이 2011년 김정일의 사망 후 취한 일련의 외교 정치 행보는 세계의 이목을 집중시키기에 충분한 성질의 것이었습니다. 그중에 통치권력을 공고히 하기 위해 무자비하게 자행한 행위들, 즉 권력자 고모부의 총살형과 외국 공항에서 대낮에 이루어진 이복형의 독살은 삼류소설을 연상케 하는 것으로 그의 성격을 잘 드러내는 것이었어요. 그러나 그가 집권기간 동안 가장 집착한 것은 다름 아닌 핵개발 프로그램이었습니다. 2018년 초에 와서는 '한반도 비핵화'를 내세웠으나 진정한 의도인지, 아니면 미국이 주도하는 국제사회의 압력에 대한 일시적 미봉책인지는 알 수 없으나, 그것이 대가성 없는 진정한 의도라고 믿는 사람은 많지 않을 것입니다.

홍 김정은이 김정일로부터 이어받아 추진한 핵개발 프로그램의 특이한 점 한 가지를 든다면 무엇일까요?

이 그것은 두말없이 '대륙간 탄도미사일(ICBM)'과 핵탄두화 프로그램일 겁니다. 2011년 집권 후 얼마 되지 않아, 미국의 워싱턴과 북한을 줄로 그어 이어놓은 지도, 그 지도에는 북한에서 발사한 탄도미사일의 궤적이 표시되어 있었지요……. 그 지도를 배경으로 한 그의 사진은 만화의 한 컷이 연상될 만큼 유치의 극에 달했습니다. 그러나 너무나 놀랍게도, 그런 만화의 한 컷이 마치 현실화된 양, 2016년에는 수소폭탄 시험과 더불어 ICBM 개발의 성공을 선언했지요.

홍 북한의 선언을 국제사회는 가능하다고 받아들였나요?

이 미국으로서는 가능성 여부와는 관계없이 아연실색할 대사건이었습니다. 그러나 중국이나 러시아는 겉으로는 핵무기와 미사일 기술의 확산에 우려를 나타내며 국제기구의 북한제재 방침에 적극 동참하는 것으로 보였습니다. 하지만 속으로는 최고 독재자를 아버지와 할아버지로 둔 30대 초반의 김정은이 겁 없이 저지르고 있는 핵무기 장난질에 재미를 만끽하며 박수를 치고 있었을지도 모릅니다.

홍 정말 그랬을까요? 중국과 러시아는 유엔의 상임이사국으로 세계의 안전을 도모할 책임이 있지 않습니까?

이 미국의 아연실색함과는 정반대로 중국과 소련이 이와 같이 느긋한 입장인 데는 각각의 이해가 상충되기 때문입니다. 먼저, 미국의 입장에서 보면 대개 이러할 겁니다. 북한이 핵을 보유한다는 사실도 용납할 수 없는데 거기다가 미국 워싱턴을 핵미사일로 공격할 수도 있다는 시나리오를 김정은이 공개적으로 내세우는 것을 보면서, 이제는 더 이상 좌시할 수 없는 상황에 돌입했다고 결론지었을 겁니다. 그러나 뾰족한 수를 찾을 수 없었어요.

홍 열 척 이상의 막강한 항공모함이 미국 대통령의 공격 명령을 기다리며 바다 위에 떠 있지 않습니까?

이 미국이 북한의 핵 관련 시설을 당장 파괴할 군사력이 없는 것은 아니지만, 최소한 수백만 명의 서울 시민의 희생이 따를 수 있다는 가능성을 고려해야 했었지요. 그렇다고 무작정 미룰 수도 없는 또 다른 문제도 있었어요.

홍 어떤 문제가 있었나요?

이 단순한 북한의 핵공격 위험 때문만이 아니라 북한의 핵기술과 이제는 한걸음 더 나아가 미사일 기술이 제3세계, 특히 중동 이슬람 국가에 전수될 위험성에 직면하고 있다는 거지요. 참고로, 2007년 건설 중이던 시리아의 원자력 발전소를 이스라엘이 파괴했습니다. 그런데 그 원자력 발전소에 당시 북한의 기술이 개입되었다는 사실이 2008년에 미국정보기관에 의해 확인되었습니다.

홍 글로벌리즘이란 그렇게 무서운 것이기도 하군요. 북한의 원자력 기술이 중동의 시리아에 전수되었으니까요. 정밀 타격의 성과는 어떤가요?

이 미국이 최대한의 정밀 폭격 첨단기술로 폭격을 감행하더라도, 운행 중인 원자력 발전소를 파괴해본 적이 없으므로 방사능 누출로 인한 피해 규모가 얼마일지 전혀 예측이 불가능합니다. 후쿠시마 원전이 쓰나미에 당하여 피폭된 지역을 감안하면, 폭탄으로 파괴된 원전의 피폭 범위는 상상을 초월할 것이 분명하지요. 아마 미세먼지처럼 한반도 전체가 영향을 받을 겁니다. 하지만 미세먼지와는 달리 방사능은 한번 오염되면 영구한 상처를 남깁니다.

홍 정전만 되어도 냉각기 고장으로 방사능이 누출될 수도 있다는 사실이 놀랍습니다. 그럼 러시아의 입장에서 보면 어떻겠습니까?

이 위에서 언급된 이유로 미국이 난처한 입장에 처해 있는 것을 고소하게 여길 겁니다. 거기다가 경제규모가 남한의 40분의 1, 미국의 400분의 1도 안 되는 아주 작은 나라에 의해 미국이 1:1의 말싸움에 말려

216

드는 상황을 지켜보면서 남모르는 즐거움을 느낄 수
도 있지요. 더군다나 러시아의 표트르 대제(Peter, The
Great)나 독일 여성인 카타리나 여제(Catherina) 통치
기간 동안 이루어진 세계적인 러시아 제국의 위용을
회상하거나, 20세기 '스탈린' 시대에 세계의 3분의 1
을 공산주의의 깃발 아래 지배한 러시아의 근대사를
그리워할수록 더욱 그렇겠지요. 현재의 '러시아 연
방'은 세계 무대에서 너무나 초라한 대접을 받고 있
다는 안타까움이 러시아인들 가슴속에 숨겨져 있음
이 너무나 당연합니다.

홍 러시아인의 안타까워하는 감정이 이해될 듯도 합니
다. 한 가지 흥미로운 사실이 있습니다. 독일 여성인
'카타리나' 여제는 낙후한 러시아의 농업 진흥을 위해
독일 농부의 러시아 이주를 장려했고, 이들 독일 농
부의 후손은 후에 정치적 박해 때문에 미국으로 이민
와 중서부의 농업을 일으켰고, 이들의 후손이 생산한
콩이 현재까지 중국으로 건너가 중국인의 돈육 수요
충족에 공헌했고, 이제는 그 콩이 미국과 중국의 무
역전쟁의 중간에 놓여 있다는 것입니다.

이 그러기에 역사란 어떤 픽션보다도 더 픽션적이라는
겁니다. 게다가 미국은 그동안 러시아가 섭섭해할

짓도 여러 번 했지요. 예컨대 1991년 구소련의 멸망 후, 과거 소련의 위성국가이거나 인접 국가마저 나토 (NATO)에 가입시켜 러시아를 포위하여 숨통을 조이는 형국에 다다랐지요. 그래도 아직까지는 핵무기 숫자에 있어서는 압도적인데도 불구하고 단순히 천연자원에 의존하는 러시아 경제 구조, 그리고 미국의 10분의 1 수준도 안 되는 경제력 때문에 무시당하는 처지가 된 러시아 국민의 분노도 이해가 됩니다. 그래서 북한이 핵탄두와 ICBM 개발을 빌미로 미국을 향해 마치 어린아이가 떼를 쓰듯이 언어의 횡포를 부릴 때 속으로 미소를 지었을 것이라는 겁니다.

홍 그럼 중국의 입장에서 보면 어떨까요?

이 중국의 입장에서 보면, 미국을 향한 북한의 위협이 커지면 커질수록, 대미 견제용으로서의 북한의 유용성이 더 증대될 것입니다. 중국이 확신하고 있는 두 가지가 있지요. 첫 번째는 북한을 공격할 때 한국인의 대량학살을 피할 수 없기 때문에 미국이 북한의 군사시설을 폭격하지 못한다는 것, 두 번째는 북한을 컨트롤할 수 있는 나라는 북한 무역량의 90% 이상을 관장하는 중국밖에 없다는 사실을 미국이 알고 있다는 거지요.

홍 그래서 미국이 중국과의 선린관계를 해칠 일은 가급
적 삼갈 것이라는 거군요.

이 바로 그거지요. 남중국해의 인공섬이나 미국의 지적
재산의 도용 등도 어느 정도는 연관이 있었을 겁니
다. 말하자면 북한에 대한 중국의 독점 접근권을 중
국이 잘 활용하는 셈이지요.

홍 그럼 트럼프가 김정은과 담판을 짓는다면 중국의 그
독점권을 깨버리는 결과가 되겠네요. 개인적으로나
국가적으로나 절묘한 외교술의 극치입니다.

이 개인적이라니요?

홍 트럼프는 북한을 공격해 수백만 명에서 수천만 명에
이르는 희생자를 내야 하는 입장에 처해 있었지요.
한 사람의 기독교인으로서, 아니 한 인간으로서 트럼
프는 그것만은 피하고 싶었겠지요. 한 사람의 기독교
인으로는 한국의 기독교인들을, 한 인간으로서는 남
녀노소를 가리지 않고 무차별적으로 행해질 폭탄에
서 비롯될 막대한 방사능에 의한 대량학살에서 구하
고 싶었겠지요.

이 그렇게 볼 수도 있겠네요. 그래서 트럼프는 김정은을
달래보려고 그렇게 노력하고 있군요.

홍 그래서 트럼프는 김정은의 편지를 TV 카메라 앞에

서 꺼내 보이면서 "나에게 폭격하라고 하지 마라. 어떻게든 김정은을 달래서 핵을 포기하게 하겠다"라고 호소하는 거와 같습니다.

이 트럼프가 그런 유치한 행동을 한 것은 그러고 보니 다 이유가 있었군요.

홍 그런데 2016년 말 이미 중국과 러시아가 유엔 결의에 따라 북한에 대한 제재에 적극 동참하지 않았나요? 그 진정한 이유는 뭐였을까요?

이 두 나라가 적극 동참할 충분한 이유가 있었습니다. 2016년 7월 북한의 마지막 핵실험이 원자탄이 아니라 수소폭탄이라고 선언했을 때 사정이 완전히 달라졌습니다. 그 이유가 있지요. 첫째, 수소폭탄은 아직 한 번도 사용한 적이 없지만, 원자폭탄과는 비교할 수 없을 정도로 파괴력이 크며, 둘째 수소폭탄은 소형화가 쉬워 핵탄두화가 수월하다는 것입니다. 그런 이유 때문에 인접해 있는 작은 나라가 그런 가공할 만한 무기를 소유한다는 것은 자신들에게 직접 위협이 되기도 하지만, 중국의 경우 티베트족·위구르족 등 자국 내 저항세력의 손에도 흘러 들어갈 위험이 있다는 거지요. 이 점은 '체첸' 독립세력 등 러시아도 동일한 상황에 놓여 있습니다. 그래서 중국은 러시아와 더불어 유엔의 상임이사국(미국 · 영국 · 프랑스 · 러시아 · 중국)의 일원으로서 2017년 12월 미국이 제안한 고도의 유엔 대북한 제재안에 적극 참여하였던 것입니다.

북미 정상 간의 비핵화 협상

홍   김정은의 도발적이면서도 유치한 '워싱턴 타격' 시나
    리오는 1991년 구소련의 멸망 후 세계 유일의 군사
    강대국으로서의 미국 군사력 시위에 불만을 품고 있
    었던 중국과 러시아에게 통쾌함을 안겨주었을 거라
    는 선생의 논리는 설득력이 있습니다. 그래서 중국은
    북한으로부터 석탄을 과감히 수입하고 러시아는 극
    동지역 개발 작업에 북한의 노동자를 대거 고용하면
    서 두 나라 모두 북한의 핵개발 자금 조달에 일조를
    했다고 볼 수 있군요.

이   어떤 확실한 증거가 있는 건 아니지만, 러시아의 경
    우는 한 술 더 떠, 공산주의에 대한 향수에 젖어 있
    는 구소련의 과학자들이 북한의 핵개발과 미사일 개

발 프로젝트에 비밀리에 참여 내지 자문하는 것을 수수방관했을 수도 있습니다.

홍 이 교수의 주장에 의하면, 북한의 수소폭탄 실험은 이 모든 상황을 송두리째 바꿔버렸다는 거군요. 중국과 러시아의 소수민족 저항세력의 손에 들어갈 수도 있고, 그것보다 더 시급한 것으로 수소폭탄과 장거리 미사일 핵탄두화를 갖춘 변방 소국인 북한 자체가 이제는 통제 불가한 위협요인이 될 수 있다는 가능성이 돌발 요인이었던 거지요. 그것이 2017년 12월의 유엔 제재 결의가 중국과 소련을 포함하여 유엔 상임이사국 전체의 동의를 얻은 이유이고, 중국과 소련은 갑작스레 북한의 숨통을 조여왔다는 거군요.

이 잘 정리를 하셨습니다. 이러한 중국과 소련의 행동이 김정은에게 준 충격은 대단했을 겁니다. 김정은으로서도 그가 아무리 철권통치를 한다고 하더라도, 당장 닥칠 혹독한 경제적 핍박에 국민을 달랠 방법이 없었을 겁니다. 거기다가 김정은이 느꼈을 중국에 대한 배신감은 상상을 초월하는 정도였을 거고요. 그래서 김정은이 들고 나온 것이 '한반도의 비핵화'였습니다. 때마침 남한에도 그전보다는 친북 성향의 정권이 들어섰으므로 비핵화 정책이 북한 주민에게도 어느 정도 설득력이 있었을 거고요. 그 후에, 남북 정상회담과 싱가포르에서의 북미 정상회담이 열려 평화 무드가 절정에 달했을 때, 예상 밖의 급진전에 놀란 중국의 시진핑이 김정은을 베이징으로 불러들임으로써 한반도 문제에 직접 개입하게 된 것입니다.

홍 시진핑이 구태여 이러한 예민한 시기에 트럼프의 의심을 사면서까지 노골적으로 개입할 필요가 있었나요?

이 시진핑의 개입은 중국으로서는 불가피했다고 봅니다. 예측불허인 트럼프의 외교 스타일로서 판단컨대, 어느 날 갑자기 미국의 대사관이 평양에 설치된다는 합의를 김정은으로부터 끌어낼 수도 있고요. 이는 대사관의 경비를 미해병대가 맡게 됨으로써 미군의 평양 주둔이라는 상징성이 있으며, 한발 더 나아가 중국이 미국과 국경을 맞대고 있는 격이 되는 셈이지요. 이것만은 중국이 용납할 수 없는 경우였을 겁니다. 특히나, 북한이 핵 포기의 대가로 최소한 남한에 주둔한 미군의 철수는 얻어낼 수 있으리라고 믿고 있었던 중국으로서는 북미 두 정상 간의 급속한 관계 진전에 아연실색했을 겁니다. 거기다가 조선중앙방송이 무슨 경사나 난 것처럼 북미 정상 간의 만남을 보도하는 태도에 중국이 적지 않은 충격을 받았을 겁니다.

홍 저도 그 방송을 얼마 전에 찾아봤어요. 기쁨에 북받치는 듯한 모습의 여성 앵커가 지금도 눈에 선합니다. 그 여성 앵커는 트럼프가 김정은에게 '야수'('beast'라는 트럼프의 승용차를 지칭)를 친절하게 보여줬다고도 했어요……. 그것이 북한 평북 정주시 근처에 매장되어 있는 양질의 희토류 때문이라고 누군가 이야기하던데, 그것이 사실일까요?

이 그건 잘 모르겠습니다. 미국 《포브스(Forbes)》지에서 북한의 희토류 광물자원에 대해 읽은 적은 있습니다.

홍 북한에 매장된 희토류의 예상 가치가 얼마인지 그 잡지기사에서 언급되었나요?

이 5조 달러로 기억합니다. 그런데 너무나 거액이라 믿기지 않았습니다.

홍 미국의 애플사의 시가총액을 1조 달러로 본다면, 평안북도의 땅 밑에 애플사 다섯 개를 묻어두고 있는 셈이 되겠지요. 그래도 감이 잘 안 오면, 25개의 삼성전자가 정주시 근처의 땅속에 잠자고 있다고 할 수도 있습니다.

이 너무 꿈같은 이야기라 믿기 힘들군요. 하지만 북한

의 희토류 매장량이 1조 5천억 달러만 되더라도 통일 비용은 걱정하지 않아도 되겠습니다. 남한의 GDP와 가까운 숫자니까요.

'경제전쟁'에 돌입한 미·중 관계의 전망

홍 미국과 중국 관계는 앞으로 어떻게 전개될까요? 2018년 G20 연례회의 중인 12월 1일에 있었던 미·중의 정상 간 만남은 무역전쟁의 임시휴전으로 끝났다는 것이 대부분 언론의 논조였는데요.

이 미래의 미·중 관계는 참으로 예측하기 힘듭니다. 단순한 경제문제도 아니고 그렇다고 안보문제라고 할 수도 없고……

홍 미·중 관계를 예측하기 위해서는 일단 2016년으로 돌아가 미국의 대통령 선거전부터 시작해 2018년 아르헨티나의 G20 회의까지 일어난 일련의 사건을 나열해보는 것이 도움이 되지 않을까요?

이 홍 선생께서 한번 그렇게 해보시지요.

홍   지난번 미국 사정에 정통한 지인에게 들은 이야기도
    있고, 그 후 제가 읽은 자료를 토대로 한번 정리해보
    지요. 물론 이 교수께서 지금까지 말씀하신 것도 포
    함해서지요.

    2016년 대통령 선거전에서 트럼프는 일찌감치 북한
    핵문제의 해결책으로 중국에 압력을 가할 것을 주장
    했고, 중국과 미국 간 무역수지의 불균형과 3천억 달
    러에서 5천억 달러 정도인 미국의 무역적자를 압력
    의 수단으로 사용하면 문제를 해결할 수 있다고 주장
    했어요.

    그 당시 트럼프 선거 캠프 안에는 "앞으로 5년 내로,
    늦어도 10년 안에 중국을 견제하지 않으면 중국이 세
    계의 헤게모니를 장악한다"라며 중국 견제론을 강력
    히 주장한 그룹이 있었어요. 이 그룹은 북한의 핵문
    제를 중국 견제론의 일부로 간주했는데, 그 논리의
    핵심은 "미국의 북한 핵시설 폭격 후 북한 재래식 무
    기에 의한 서울 수도권 지역의 남한인구 천만여 명의
    희생자가 발생하게 되는 방정식을 풀 수 없다면, 미
    국의 폭격은 해결책이 될 수 없다"는 겁니다. 그래서
    북핵의 해결책은 중국과의 '무역전쟁' 수준을 넘어서
    '경제전쟁(economy war)'이어야 한다는 과격한 주장을

펼쳤습니다.

2018년 후반기, 트럼프 재임 1년 반 후인 2018년 8월이 지나면서 이 '경제전쟁' 논리가 현실화될 가능성이 보이기 시작했습니다. 트럼프는 2018년 9월 초, 그때까지 500억 달러 상당의 중국 수입품에 부과하던 수입관세 적용범위를 넓혀 이미 '공청기간(public comment)'이 끝난 2천억 달러로 확장하겠다는 의지를 보였지요. 그리고 그 후에는 2천500억 달러가 넘는 나머지 중국 제품에 관세 적용을 넓힐 수 있다고까지 했습니다. 9월 17일, 미국은 2천억 달러에 대해 9월 24일부터 10%의 관세를 부과하기로 했고, 2019년 1월부터는 관세율을 25%로 올릴 수도 있다고 했습니다. 더군다나 중국이 맞대응을 한다면 중국의 나머지 모든 수입제품에 관세를 부과하겠다고 선언했지요. 그야말로 이것은 '관세전쟁'의 선을 넘은 '경제전쟁'의 수준이었습니다.

이 이 '무역전쟁'에서 '경제전쟁'으로 넘어가는 과정에서 북한의 핵이 결정적 역할을 했다고 주장하시는 겁니까?

홍 그렇습니다. 다음에 열거한 일련의 진전 과정을 고찰하면 그런 주장이 설득력을 얻을 것입니다.

첫째, 2017년 9월 북한의 수소폭탄 실험은 중국과 러시아에도 위협이 되었습니다. 수소폭탄의 위력과 함께 탄두화의 소형화가 용이하기 때문이었지요. 그로부터 2개월 후에 있었던 북한의 대륙간 탄도미사일 실험으로 인해 2017년 12월 '유엔 안전보장이사회 결의 2397호(UNSCR 2397)'가 만장일치로 통과되었습니다.

둘째, 2018년에 들어서 중국이 이 유엔의 결의에 적극 동참해 북한에 제재를 가하자, 김정은은 정권을 유지할 방법이 없었습니다. 거기다가 혈맹으로 여겼던 중국이 북한 제재에 앞장서자, 배신감을 느낀 김정은은 '선대의 유훈'이라는 명분을 내세워 '한반도 비핵화'를 선언함으로써 새로 들어선 친북 성향의 남한 정권을 통해 미국 접근을 시도하게 되었습니다. 중국의 적극적인 북한 제재가 가져온 북한 핵의 간단한 해결책이 만천하에 드러났습니다. 결국 그 시점까지 고조되어온 북한의 핵 위협은 중국이 뒤에서 사주는 아니더라도 수수방관했기 때문이라는 결론을 내릴 수 있었지요. 이것은 영화 〈대부(Godfather)〉의 한 장면을 연상케 합니다.

이 어떻게요? 어떤 장면을 말씀하시나요? 제가 그 영화

230

를 여러 번 보아서 궁금증이 더 합니다.

홍 　대부가 톰 헤이건에게 자기 아들을 죽인 자가 누구
인지 말했지요. "Tattaglias is a pimp. I didn't know
until this day that it was Barzini all alone". 즉 평화협
정의 중재자인 '바지니'라는 자가 뒤에서 조종한 범인
이라는 거예요.

이 　영화를 다시 한 번 봐야겠네요. 하기야 집안의 가장
이라면 매년 한 번씩은 꼭 볼 가치가 있는 영화지요.
가장의 의무가 가장 잘 그려져 있어요. 그럼 말씀을
계속하시지요.

홍 　셋째, 김정은의 '비핵화 의도'에 이어 남북정상회담
이 판문점에서 이루어졌고, 뒤이어 우여곡절 끝에
2018년 6월 12일 북미 정상회담이 싱가포르에서 열
렸습니다. 그리고 일주일 후인 6월 19일에는 시진핑
이 김정은을 베이징으로 불러내 제3차의 북중 정상
회담을 가졌어요. 친미 방향으로 갈지도 모르는 김정
은을 달래기 위함이었을 겁니다. 그 후로 중국의 대
북제재는 많이 느슨해졌고, 따라서 북한의 비핵화 이
행과정도 지지부진해지면서 김정은의 비핵화 의지마
저도 미국의 의심을 받기 시작했습니다.

넷째, 이때쯤 비핵화의 스케줄을 정하기 위해 폼페이

오 미국 국무장관의 북한 방문이 결정되었으나 방북
계획 발표 하루 만에 트럼프가 국무장관의 방문계획
을 직접 취소하는 해프닝이 발생했지요. 이후 트럼프
는 "중국과의 문제를 해결한 뒤에……"라는 말을 트
위터에 남겼습니다. 이 말은 중국에 대한 무역전쟁이
아닌 '경제전쟁'으로 북한 핵 문제를 해결하겠다는 공
식선언이었습니다.

다섯째, 2018년 9월경 미국 국방장관 명으로 사드 한
국 배치에 대한 중국의 보복조치를 다룬 국방성의 조
사서를 발표했습니다. 중국이 자국의 여행객을 포함
한 인적 자원을 자국의 안보도구로 이용하고 있다는
거지요. 당연히 이 인적 자원에는 중국의 방대한 시
장도 포함됩니다.

여섯째, 이 사드 배치에 대한 중국의 반응은 또 다른
숨은 야욕을 노출시키고 말았습니다. 미국은 물론 다
른 서방 선진국의 시야에도 '중국 제조 2025'이 내포
하고 있는 의미가 심각히 부각되는 계기가 되었어요.
중국에 진출한 서방 선진국 기업이 중국 공산당의 눈
에 거슬리면 언제라도 보복을 당할 수 있으므로, 그
들의 첨단기술을 중국 기업에 이전하지 않을 수 없다
는 거지요. 그러면 결국 중국이 칩 디자인, 로봇 기

술, 인공지능 부문에서 서방 선진국에 앞서게 되고, 일단 앞서게 되면 세계의 헤게모니를 쥐게 된다는 거예요.

일곱째, 이것은 곧 '국가 자본주의' 내지 '비시장 경제'가, '자본주의' 내지 '시장 경제'를 이긴다는 것입니다. 말을 바꾸면, 자본주의와 공산주의의 투쟁에서 자본주의가 이데올로기 전쟁에서 승리했듯이, '비시장 경제'가 '시장 경제'를 이데올로기 전쟁에서 승리했다고 주장할 수 있지요. 이 점을 김정은의 미국을 향한 핵 위협이 부각시켰습니다.

여덟 번째, 2018년 말경 베이징에서 아프리카 대륙의 거의 모든 국가의 원수들이 참가한 'FOCAC(Forum on China-Africa Cooperation)'가 성대히 열렸습니다. '일대일로' 프로젝트와 함께 중국의 '국가 자본주의'의 판촉 캠페인으로 서방 선진국의 눈에 비쳐질 수도 있었지요. 실제로 영구 독재정권을 염원하는 경향이 있는 저개발 국가의 지도층에게는 충분히 매력적인 제도도 될 수 있을 겁니다.

이 중국 모델에 매력을 느낀다는 것은 영구집권에의 꿈 때문입니까?

홍 그것보다는 중국 모델이 보여준 지속가능한 장기간

의 고도 경제성장이 더 큰 매력일 겁니다. 저소득층 인 대다수 국민들에게 설득력도 있고요.

이 그럼 중국 모델이 서방 선진국 모델을 대체하는 것도 불가능하진 않겠군요.

홍 중국 모델이 고도성장을 계속한다면, 중국의 일당독 재 영구집권 체제가 이길 수 있지요. 그러나 중국의 감춰졌던 의도가 '일대일로', '중국 제조 2025', 그리 고 무엇보다 '북한 핵' 사건으로 만천하에 알려진 이 상 서방 선진국 모델을 대체한다는 건 이젠 불가능하 게 되었습니다.

이 그 이유는 뭘까요?

홍 앞으로 중국이 고도성장을 이끌어내려면 단순한 제 조업으로서는 안 되고, 고도의 기술 집약적인 산업이 라야 합니다. 제조업은 이미 베트남 등 이른바 'TPP' 국가들에 비해 임금이 상승되어 경쟁력을 잃었고요. 기술 집약 산업은 김정은의 핵장난이 시발점이 되어 서 서방 선진국, 특히 미국을 비롯한 이른바 '30-50 클럽' 국가들이 겉으로는 명분을 내세우더라도 자국 의 첨단기술 시장을 중국의 먹잇감으로 내놓지 않을 겁니다.

이 결국 중국의 '잃어버린 10년'이나 '잃어버린 20년'이 시작되겠군요. 2019년이 '중국 때리기'의 원년이 될 수도 있습니다. 2018년 12월 말에 애플사는 다음번 모델을 인도의 공장에서 생산하기로 결정했으니까요. 애플이 '중국 때리기'의 신호탄을 전 세계가, 특히 서방 선진국이 보도록 하늘 높이 쏘아올린 격이지요. 이렇게 거대한 역사 흐름의 변화를 김정은이 이끌어내었다는 게 신기하네요.

홍 김정은이 수소폭탄이니 대륙간 탄도미사일이니 떠들며 심술난 어린아이처럼 설치지 않았다면 미국을 비롯한 서방 선진국이 중국의 야망을 견제할 기회를 놓쳤을 겁니다. 그렇지 않았다면 미국이 중국의 헤게모니 시대를 받아들이거나, 인류를 파괴하는 전쟁을 일으켰겠지요.

이 트럼프가 김정은에게 고마워해야겠습니다. 아니지요. 일당독재에 반대하는 모든 자유세계의 시민이 고마워해야겠네요.

홍 그게 역사의 변덕입니다. 인생이란 바보 천치들이 지껄이는 이야기라고 셰익스피어가 말했듯이, 마찬가지로 역사란 바보 천치에 의해 쓰여진 코미디에 다름 아닙니다. 여하튼 북한의 김씨 제국은 이 일로 만족하고, 이제는 역사의 무대에서 영원히 퇴장했으면 좋겠네요.

이 저도 동감입니다. 김씨 삼대는 70여 년 동안 북한 주
민을 너무 고생시켰습니다. 민족과 경제발전은 관계
가 없다는 논리를 증명하기 위해 서양의 한 저명한
역사학자는 남·북한을 가장 좋은 예로 이용합니다.
같은 민족인데도 남한은 가장 성공한 예이고, 북한은
가장 실패한 경우이기 때문이지요.

홍 그런데 한 가지 질문이 저를 끈질기게 잡고 늘어지네
요. 중국이 왜 그런 자충수를 두게 되었나요? 한족의
마지막 왕조인 명나라 시대의 위대함을 회복해보려
는 성급함 때문인가요?

중국의 성장 동력과 가능성

이   15세기 초의 명나라는 그 당시 세계 GDP의 2분의 1
을 차지할 만큼 막강한 한족의 제국이었어요. 현재
미국이 세계 GDP의 4분의 1도 안 되니 명나라가 막
강한 위치에 있었던 것은 분명합니다. 그런 흘러간
영화의 일부분이라도 되찾겠다는 중국의 열망은 탓
할 성질의 것이 아닙니다. 여하튼 현재의 중국은 명
목 GDP로 보면 미국 GDP의 70%까지 따라붙었고
늦어도 2049년까지는 미국을 압도해 세계 제1의 경
제대국이 되겠다는 야욕을 숨기지 않고 있습니다.

홍   2049년이 특별한 의미가 있습니까?

이   있지요. 2049년은 마오쩌둥이 중국을 건국한 1949년
에서 정확히 100년이 되는 해입니다. '100년간의 수

모'를 당한 후 100년의 세월이 흘러 압도적인 세계 최강국이 됨으로써 '100년간의 수모'에 대해 달콤한 복수를 한다는 것일 겁니다.

홍 그게 가능할까요?

이 충분히 가능하지요. 아니 말을 고쳐야겠습니다. 2018년 초부터 시작된 '미국의 적극적인 견제가 없었다면'이라는 조건을 달아야겠군요.

홍 일단 견제가 없었다는 가정하에서 말씀해주시지요.

이 현재 기준으로 중국의 인구는 미국 인구의 대략 4배 정도입니다. 일인당 GDP로 보면 중국이 미국의 4분의 1만 되면 두 나라의 총 GDP는 같아집니다. 그런데 현재 일인당 GDP는 미국이 6만 달러, 중국이 1만 달러로 중국이 미국의 6분의 1 수준이지만, 두 나라의 경제성장률 차이를 감안하면 2030년에는 총 GDP 면에서 중국이 미국을 추월할 것으로 예측되고 있습니다. 어떤 중국학자는 PPP(Purchasing Power Parity), 즉 구매력을 감안하면 2020년에는 중국이 세계 제1의 경제대국이 된다고 공언하고 있습니다.

홍 1989년 천안문 사태 1년 전, 그리고 1992년 한·중 수교가 이루어지기 4년 전에 열린 1988년의 서울올림픽 때만 해도, 그렇게 가난했던 중국이 비교적 짧은 기간에 이토록 비약적으로 발전할 수 있었던 원인이 무엇일까요? 그때의 중국의 일인당 GDP는 미국의 20분의 1 정도도 안 되었을 겁니다.

이 덩샤오핑이라는 '작은 거인'이 현대 중국의 아버지라고 봐야지요. "덩샤오핑의 선생은 박정희"라고 할 정도로 그는 박정희가 이끈 한국의 근대화에 커다란 관심을 갖고 있었습니다. 1988년 서울올림픽의 성공적인 개최를 목격한 다음에는 북한의 극렬한 반대에도 불구하고 1992년 한·중 수교를 주도하기도 했어요. 그리고 한국과 수교 후에는 박정희가 했던 것처럼 수출주도형의 경제체제를 이끌어갔어요.

홍 서방 선진국 모델 대신에 박정희 모델을 택한 이유는 무엇이었나요?

이 서방 선진국 모델의 핵심은 16세기 후반부터 시작하여 18세기 말경에 끝이 난 것으로, 제국주의 국가의 식민지 착취에 있기 때문입니다. 서양 선진국이 식민지 착취로 인해 어느 정도의 사회적 자본이 형성된 이후에, 하버드 대학교의 어느 역사학자가 주장한 경제발전에 필요한 여섯 가지 요소를 갖출 수 있었지요.

홍 그 여섯 가지 요소가 뭐였습니까?

이　Competition, Technical Revolution, Private Property, Modern Medicine, Consumer Society, Work Ethics 입니다. 번역하면 경쟁, 기술혁명, 사유재산, 현대의학, 소비사회, 일의 윤리가 되겠지요. 한국의 박정희 모델에 이 공식을 적용하면, '경쟁'은 철저한 입시위주 제도이고, '기술혁명'은 해외차관에 의한 최신 공장 건설이고, '사유재산'은 원래 보장되어 있었고, '현대의학'도 국가주도의 의학교육, 방역사업, 의료제도를 만들었고, '소비사회'는 수출 주도형 경제체제로 해외에서 찾았고, '일의 윤리'는 '새마을운동'으로 대변되지요.

홍　그러면 덩샤오핑의 모델도 박정희 모델과 같다는 건가요?

이　아니에요. 다른 점이 꽤 있었어요. '경쟁'은 비슷하고, '기술혁명'은 중국의 경우 첫 단계인 해외 차관은 주로 화교에 의해 이루어졌지요. '사유재산'은 토지와 기간산업은 모두 국가소유로 했으나 주택 등은 사유를 인정했고, '현대의학'은 중국 의학교육의 수준이 높았지요. '소비사회'는 한국과 마찬가지로 해외, 주로 미국 시장에 의존했고, '일의 윤리'는 주택의 사유를 인정함으로써 자연히 해결되었습니다.

홍 공산당의 일당독재로 인한 자유의 제한은 어떻게 해
  결됐나요?

이 그것은 해결해야 할 문제라기보다는 일종의 해결사
  로 덩샤오핑은 생각했을 겁니다. 그는 1989년 천안
  문 사태를 잔인하게 진압한 장본인이지요. 실상 현대
  사를 되돌아보면, 민주주의를 잘 시행하면서 경제자
  립에 성공한 나라는 눈을 씻고 찾아봐도 없습니다.
  제국주의 국가는 식민지에서 떠날 때쯤에 민주주의
  제도를 심었지요. 경쟁 상대가 되지 못하게 할 의도
  도 있었을 것입니다.

홍 '소비사회' 요건을 충족시키기 위해 중국이 너무 오랫
  동안 미국 시장에 과하게 의존한 건 아닌지 모르겠네
  요. 중국의 과다한 대미 무역 흑자는 결국 '무역전쟁'
  으로 이어졌고, 거기다가 지적 재산권 침해 문제는
  현재 미·중 간의 주요 이슈로 부각되어 있고요.

이 서방 선진국이 후진국의 선진국 진입을 막는 장벽으
  로 세 가지 방법을 주로 씁니다. 첫째는 인권 문제,
  둘째는 지적 재산권, 셋째는 현지에서의 기술자급 두
  뇌 유출, 이 세 가지예요. 중국은 첫째와 셋째 방법
  을 공산당 일당독재의 공식화와 해외기업의 국내 투
  자조건 강화로 무력화시켰어요. 나머지 두 번째 장벽

인 지적 재산권에 대해서 중국은 '국내 시장의 접근'이라는 무기를 과신해서였는지 아주 소홀히 다루었던 것 같아요. 이 장벽에 잘못 걸린 겁니다.

홍 한국은 선진국 진입을 위해 이 두 번째 장벽, 지적 재산권 문제를 어떻게 해결했나요? 한국에 대해서도 선진국이 똑같은 장벽을 쳤을 테니까요.

이 세 가지 이유가 있었습니다. 1960년대 이후의 동서 대치상황에서 미국은 일본으로 흘러간 기술을 우방으로서 눈감아주었는데, 이런 기술이 자연스레 한국으로 넘어왔다는 것이 첫째 이유입니다. 한국의 경제 규모는 미국에 위협이 될 수 없었다는 게 둘째 이유이고, 셋째는 대기업이 R&D(연구개발) 투자에 소홀히 하지 않았다는 것입니다.

홍 내친김에 한국이 어떻게 첫 번째, 세 번째 장벽을 극복했는지 말씀해주시지요. 갑자기 궁금해져서요.

이 첫 번째 인권 문제는 박정희가 자립경제 슬로건을 방패로 하여 유보해두었고, 박정희 시대가 끝났을 때는 인권이 보장돼도 될 만큼 경제기반이 놓여졌습니다. 세 번째 기술자급 두뇌 유출 문제는 1988년 서울올림픽 개최 이후의 치열한 노동운동이 생산기술자급 두뇌 탈취를 목적으로 한 외국기업의 국내 진출을 막았습니다.

홍 그렇게 되도록 사전에 계획된 건 아니었겠지만, 지금
와서 보니까 한국은 고통의 시기도 보냈지만 참으로
운도 좋은 나라군요. 그런 의미에서 중국이 현재 처
한 어려움을 슬기롭게 극복해나가 선진국에 진입할
수 있도록 마음속으로나마 성원을 보내지 않을 수 없
습니다.

에필로그

 이 책의 제목에서 드러나듯이, 한국의 '30-50 클럽' 가입이 이 글을 쓰게 된 동기를 제공했다고 볼 수 있다.

 물론 '30-50 클럽'에 한국이 세계에서 일곱 번째 국가로 가입되었다고 해서 그것이 영원 불변한 것은 아니다. 스페인이 그러했듯이 언제라도 탈락할 수도 있고, 또 시대가 바뀌면서 '40-50 클럽'에 가입해야지만 현재의 '30-50 클럽'의 위상을 누릴 수 있을 것이다.

 그리고 기존 멤버인 미국·독일·일본·영국·프랑스·이탈리아 중에서, 끝의 네 나라는 앞으로 10~20년 사이에 한국이 충분히 추월할 수 있는 가시권에 이미 들어와 있다. 한국은 현재 여러 분야에서 세계 정상을 달리고 있다. 출입국 절차를 포함한 공항시설, 지하철 시설로

대표되는 대중교통제도, 의료보험제도, 일선 행정기관의
대민 행정 서비스 분야, 그리고 최첨단 통신망이 그런 분
야이다. 거기다가 '김영란법'이 제대로 안착하기만 하면
한국은 공직사회의 청렴도에서도 단연 정상을 차지할 것
이다.

1961년 지구상에서 가장 가난했던 나라 중의 하나였던
대한민국, 그런 나라가 57년 만에 세계 정상급의 국가로
급성장할 수 있었던 요인을 콕 집어내기란 쉬운 일이 아
니다. 내 개인적인 느낌을 말한다면, 평등사상에 근거한
가혹할 정도로 엄격한 입시제도, 공정한 군복무 제도, 유
교를 바탕으로 한 기독교와 불교의 신앙심, 치열한 경쟁
심, 그리고 가장 중요한 요소로 '일하는 윤리'를 들고 싶
다. 거기다가 '일류 선호병'도 특히 하이테크 분야에서 큰
몫을 했을 것이다.

앞으로 한국이 가야 할 항로라고 특별한 게 있는 게 아
니다. 지금까지 했던 것처럼 변화에 대처하고 위기를 극
복하면서 자신감을 잃지 않으면 되는 것이다. 세계의 모
든 나라는 물론이고, 하물며 '지지 않는 해'를 가졌다는
영국까지도 EU 탈퇴를 감행하면서, 최첨단 기술 확보와
더불어 여러 국가와 FTA를 맺고 있는 한국의 '성공 비결'

을 배우려고 한다. 이러한 성공 비결을 확대·발전·계
승시키지 못한다면, 그것이야말로 최악의 범죄행위이다.

한국문학사 작은책 시리즈 13

30-50 클럽

초판 1쇄 인쇄 2019년 2월 1일
초판 1쇄 발행 2019년 2월 8일

지은이 홍상화
펴낸이 홍정완
펴낸곳 한국문학사

편집 이은영 홍주완
영업 이운섭
관리 황아롱
디자인 심현영

04151 서울시 마포구 독막로 281(대흥동) 마포한국빌딩 별관 3층

전화 706-8541~3(편집부), 706-8545(영업부) | 팩스 706-8544
이메일 hkmh73@hanmail.net
블로그 http://blog.naver.com/hkmh1973
출판등록 1979년 8월 3일 제300-1979-24호

ISBN 978-89-87527-77-2 03810